हिन्द पॉकेट बुक्स

सुरसतिया

विमल मित्र प्रख्यात बांग्ला लेखक व उपन्यासकार थे। विमल ने सन् 1938 में कलकत्ता विश्वविद्यालय से बांग्ला साहित्य में एम.ए. की उपाधि ली और रेलवे में विभिन्न पदों पर नौकरी की। जून 1956 में डिप्टी चीफ कंट्रोलर के पद से इस्तीफा दे दिया और स्वतंत्र लेखन करने लगे। उन्होंने भारतीय साहित्य को लगभग साढ़े तीन दशकों तक लिखते हुए 60 से अधिक उपन्यास और कहानी संग्रह दिए हैं।

उनकी सर्वाधिक चर्चित कृतियों में *साहिब बीवी और गुलाम* शामिल है, जिस पर एक लोकप्रिय फिल्म का भी निर्माण हुआ। *मुजरिम हाज़िर* नामक उनकी एक अन्य कृति पर एक लोकप्रिय टीवी धारावाहिक का भी निर्माण हुआ।

सुरसतिया

विमल मित्र

हिन्द पॉकेट बुक्स
पेंगुइन रैंडम हाउस इम्प्रिंट

हिन्द पॉकेट बुक्स

यूएसए। कनाडा। यूके। आयरलैंड। ऑस्ट्रेलिया। सिंगापुर
न्यू ज़ीलैंड। भारत। दक्षिण अफ्रीका। चीन

हिन्द पॉकेट बुक्स, पेंगुइन रैंडम हाउस ग्रुप ऑफ़ कम्पनीज़ का हिस्सा है,
जिसका पता global.penguinrandomhouse.com पर मिलेगा

पेंगुइन रैंडम हाउस इंडिया प्रा. लि.,
चौथी मंजिल, कैपिटल टावर -1, एम जी रोड,
गुड़गांव 122 002, हरियाणा, भारत

पेंगुइन
रैंडम हाउस
इंडिया

प्रथम संस्करण हिन्द पॉकेट बुक्स द्वारा 1997 में प्रकाशित
यह संस्करण हिन्द पॉकेट बुक्स में पेंगुइन रैंडम हाउस द्वारा 2022 में प्रकाशित

10 9 8 7 6 5 4 3 2

इस पुस्तक में व्यक्त विचार लेखक के अपने हैं, जिनका यथासंभव तथ्यात्मक
सत्यापन किया गया है, और इस संबंध में प्रकाशक एवं सहयोगी
प्रकाशक किसी भी रूप में उत्तरदायी नहीं हैं।

ISBN 9789353496487

मुद्रकः रेप्रो इंडिया लिमिटेड

www.penguin.co.in

This is a legitimate digitally printed version of the book and therefore might not have certain extra finishing on the cover.

अनुवादक का निवेदन

'सुरसतिया' विमल मित्र का एक लघु उपन्यास है। उपन्यास कहना ठीक नहीं होगा। नॉवलेट कहना ठीक होगा, या 'लम्बी कहानी'। यह कहानी पहली बार शायद सन् 1958 में सम्पादक के विशेष अनुरोध पर एक मासिक पत्रिका में प्रकाशित हुई थी। फिर दो-एक साल बाद प्रकाशक के प्रयत्नों से पुस्तक रूप में भी प्रकाशित हुई।

हठात् 'साप्ताहिक हिन्दुस्तान' के सम्पादक ने अपने उपन्यास-विशेषांक के लिए लेखक से एक उपन्यास प्रकाशित करने की अनुमति देने का अनुरोध किया। मैंने यह उपन्यास अनुवाद करने के लिए चुना।

'सुरसतिया' उपन्यास 'साप्ताहिक हिन्दुस्तान' के 22 फरवरी, 1970 के अंक में प्रकाशित हुआ और प्रकाशन के साथ ही इसने भारी प्रतिक्रिया जगा दी। स्वाधीनता के बाद भारतवर्ष की किसी भी भाषा में प्रकाशित उपन्यास को लेकर इतनी हलचल नहीं हुई। मध्यप्रदेश सरकार ने पुस्तक जब्त कर ली। मध्यप्रदेश के रायपुर नगर में लेखक के पुतले जलाए गए।

इस प्रसंग में यहां पर यह उल्लेख करना उचित होगा कि विश्व-साहित्य के इतिहास में पहले भी अनेक पुस्तकें जब्त हुई हैं, और परवर्ती युगीन पाठक की दृष्टि में ये पुस्तकें निर्दोष प्रमाणित हुईं। अतएव पाठक का मत ही शाश्वत है, यह निश्चित नहीं कहा जा सकता। युग बदलता है, पाठक बदलता है। युग के साथ ही पाठक की रुचि, चिन्तनधारा और विवेचना का मापदण्ड भी बदलता रहता है।

अतएव, मैं अनुवादक की हैसियत से उस चिर-पाठक के सामने ही यह

पुस्तक रखता हूं।

इस बाबत विभिन्न पत्र-पत्रिकाओं में इस कथा के बारे में जो कुछ भी प्रकाशित हुआ, उसका अंश मात्र यहां प्रकाशित हो रहा है। इस सम्बन्ध में लेखक और अनुवादक के नाम जो बेशुमार पत्र आए, उस सबको प्रकाशित करने पर एक अलग पुस्तक हो जाएगी, इसलिए वह विचार छोड़ने को बाध्य होना पड़ा। अलम् —

—दिनेश आचार्य

'सुरसतिया'
एक मानसिक प्रतिक्रिया

'साप्ताहिक हिन्दुस्तान' के 22 फरवरी, 1970 के अंक में इस उपन्यास को पढ़कर मेरे मस्तिष्क को बड़ा आघात लगा। विमल मित्र का यह उपन्यास छत्तीसगढ़ को पृष्ठभूमि मानकर चलता है और विमल मित्र ने इस क्षेत्र का जितना गन्दा चित्र पाठकों के सामने प्रस्तुत किया है, उसके लिए वह कानून द्वारा भले ही दण्डित न हों, किन्तु नैतिकता एवं छत्तीसगढ़ की जनता उन्हें कभी माफ नहीं कर सकती।

छत्तीसगढ़ अभी मृत नहीं हुआ है, वहां की बौद्धिकता सोई नहीं है। अभी तो छत्तीसगढ़ की युवा पीढ़ी जाग्रत् है, उसके पूर्वजों की नैतिकता जाग्रत है। हमने केन्द्रीय शासन एवं प्रान्तीय शासन से इस उपन्यास की सारी प्रतियां जब्त करके विमल मित्र को उनके गन्दे प्रचार के लिए दण्डित करने की मांग की है।

अपने ही शब्दों में श्री विमल मित्र ने खुद को एक व्यावसायिक लेखक स्वीकार किया है; किन्तु मेरी समझ में यह नहीं आया कि बहुत समय तक उन्हें 'सुरसतिया' याद क्यों नहीं रही। शायद विमल मित्रजी की जेब ज्यादा खाली हो गई हो तभी उन्होंने सम्पादक के अनुरोध पर अपनी यादों की गठरी से एक सर्वथा काल्पनिक एवं असत्य 'सुरसतिया' को खोज निकाला। व्यावसायिक लेखक को में अधिक बुरा नहीं समझता, किन्तु क्या ही अच्छा होता, यदि छत्तीसगढ़ से सम्बन्धित अपनी 'असत्य जानकारी'

को पैसे कमाने का माध्यम न बनाकर श्री मित्र ने इस क्षेत्र की जनता के मनोभाव को ठेस न पहुंचाई होती!

मालूम नहीं, राजनन्दगांव, डोगरगढ़ तथा टिल्डा से अलग किस 'छत्तीसगढ़' का भ्रमण उन्होंने किया! ऐसा प्रतीत होता है कि श्री मित्र एकाध बार हावड़ा से बम्बई गए होंगे (क्योंकि टिल्डा, राजनन्दगांव एवं डोगरगढ़ इसी रेल-लाइन के स्टेशन हैं) और उन्होंने ट्रेन के कम्पार्टमेंट में यह सुन लिया होगा कि यह छत्तीसगढ़ है।

छत्तीसगढ़ की पृष्ठभूमि पर जब उपन्यास लिख ही दिया गया तब विमल मित्र के लिए यह भी आवश्यक हो गया कि इस 'छत्तीसगढ़' नाम-करण का इतिहास भी वह बता दें।

शायद विमल मित्र की खाली जेब ने उनके विवेक को नैतिकता से भी खाली कर दिया। उन्हें शायद यह नहीं मालूम कि छत्तीसगढ़ के क्षेत्र में जब सामन्तवादी युग था, तब यहां के छत्तीसगढ़ (36 किले) बड़े मशहूर थे। इनमें 18 गढ़ प्राचीन रायपुर राज्य के अन्तर्गत एवं 18 रतनपुर राज्य के अन्तर्गत थे। इन्हीं छत्तीसगढ़ ने इस क्षेत्र को कालान्तर में छत्तीस-गढ़ के नाम से विख्यात कर दिया। यदि विमल मित्र चाहें तो मैं उन 36 गढ़ों के नाम भी गिना सकता हूं और यदि वह मुझसे पूछना चाहें तो छत्तीसगढ़ के मूर्धन्य साहित्यकार डॉ० बलदेवप्रसाद मिश्र की प्रसिद्ध पुस्तक 'छत्तीसगढ़ परिचय' पढ़कर छत्तीसगढ़ का परिचय प्राप्त कर लें।

छेदी पटेल का पुरुषत्व बीमारियों ने छीन लिया था, अत: 'सुरसतिया' बच्चे जनने में असमर्थ थी। वह कहती है—'मेम डाक्टर ने मुझे बतलाया है, हम छत्तीसगढ़ियों की जात ही खत्म हो जाएगी साब!' शायद विमल मित्र को यह भी नहीं मालूम कि 'छत्तीसगढ़िया' कोई जाति नहीं होती, जिस प्रकार बंगाली, पंजाबी, गुजराती या मद्रासी कोई जाति नहीं होती। छत्तीसगढ़ के निवासी छत्तीसगढ़िया कहलाते हैं। विमल मित्र यहां आकर देख लें कि छत्तीसगढ़ी समाज जीवित है, जीवित रहेगा; क्योंकि यह स्वस्थ है, सरल है।

छत्तीसगढ़ की चूड़ी-प्रथा का जितना गन्दा प्रस्तुतीकरण श्री मित्र ने किया है, उसे न मालूम वह छत्तीसगढ़ के किस अंचल से खोज लाए हैं।

विमल मित्र छत्तीसगढ़ियों पर अपना एहसान जताते हुए कहते हैं— इसलिए 'सुरसतिया' पुस्तक मध्यप्रदेश के उन छत्तीसगढ़ियों की स्मृति में समर्पित करके मैंने अपने आनन्दकरण को चुकाने की कोशिश की है। उन्होंने हमारे छत्तीस गढ़ी सआज का घणित एवं भ्रान्त चित्रण करके क्या हम पर कम एहसान किया है, जो उपन्यास का समर्पण भी हम ही छत्तीसगढ़ियों को कर दिया? श्री मित्र से अनुरोध है कि अब फिर इस आनन्दकरण को चुकाने के लिए किसी काल्पनिक 'सुरसतिया' को जन्म न दें।

श्री विमल मित्र से मेरा विद्यार्थी-जगत की ओर से अनुरोध है कि अपने इस जघन्य कृत्य के लिए अपने को दोषी करार दें। अन्य साहित्य-कारों से भी युवा-पीढ़ी के नाम पर अनुरोध करता हूं कि 'व्यावसायिक दृष्टिकोण' को लेकर किसी ऐसे साहित्य का सजन न करें, जो भारत के किसी अंचल का गन्दा एवं असत्य चित्रण करता हो।

—विजय कुमार तिवारी

अध्यक्ष, महाविद्यालयीन छात्र संघर्ष समिति,

रायपुर

लेखक की कैफियत

'साप्ताहिक हिन्दुस्तान' के 22 फरवरी के अंक में मेरे द्वारा लिखित लघु उपन्यास 'सुरसतिया' प्रकाशित होने के पश्चात् हिन्दुस्तान के प्रायः समस्त अंचलों से नाना श्रेणियों के व्यक्तियों ने मुझे अपने पत्रों के द्वारा अभिनन्दित किया है। मैं प्रत्येक को व्यक्तिगत रूप से यथासम्भव उत्तर दे रहा हूं; किन्तु एक श्रद्धेय पत्र-लेखक के पत्र से मुझे ज्ञात हुआ है कि मध्यप्रदेश के छतीसगढ़ अंचल की एक प्रबुद्ध संख्या मुझसे रुष्ट एवं क्षुब्ध हुई है। मेरे दीर्घ लेखक-जीवन में इस प्रकार की यह पहली घटना है। मनुष्य-जाति के प्रति मेरा प्रेम ही मेरे साहित्य का प्रधान वक्तव्य है। विशेषतः नारी-जाति के प्रति मेरी श्रद्धा तथा सहानुभूति की बात मेरे पाठकों से अज्ञात नहीं है। छत्तीसगढ़ी नारियां भी उसका अपवाद नहीं हैं। तब भी अज्ञान में मैंने लेखन में कोई अपराध किया हो, तो उसके लिए मैं उनके सम्मुख मार्जना-भिक्षा करता हूं। यदि मेरा लेखन पढ़कर उन्हें कोई आघात लगा हो तो मैं उनके दुःख से दुखित हूं। मैं वचन देता हूं कि यह उपन्यास जब पुस्तकाकार रूप में प्रकाशित होगा, तब जो आपत्तिकर प्रतीत होगा, उसका परिमार्जन कर मैं पुस्तक का पुनर्लेखन करूंगा।

—विमल मित्र

29/1/1 चेतला सेंट्रल रोड, कलकत्ता-27

"सुरसतिया"
एक कठोर यथार्थ का धरातल

मैं ऐसा नहीं समझता कि इस उपन्यास से किसी वर्ग-विशेष के जातीय स्वाभिमान को ठेस पहुंचती है।

'सुरसतिया' छत्तीसगढ़ के किसी छेदी पटेल की बहू ही नहीं, किसी 'अरिस्टोकेट' घराने को बहू सरस्वती भी हो सकती थी। विमल दा प्रारम्भ से अन्त तक तटस्थ हैं। 'सुरसरिया' के हर पात्र के साथ वह बहुत दूर तक चल सके हैं, निर्मम तटस्थ होकर—चाहे वह छेदी पटेल हो, मुरली हो, देवकीनन्दन हो या स्वयं 'सुरसतिया' हो। हर पात्र को उन्होंने बहुत करीब से देखा है।

मैं स्वयं छत्तीसगढ़ का हूं, मैं भी छत्तीसगढ़ के गांवों में बहुत अन्दर तक जा सका हूं। मैंने स्वयं बनिहारों के साथ फसल काटी है। मैं भी उनके सुख-दुःख का सहज भागीदार बन सका हूं और इसका मुझे गर्व है। मैंने बारिश में गांवों के वे दिन देखे हैं, जब उनके सामने जीने के कई प्रश्न मुंह बाए खड़े रहते हैं। जब उनके पास कोई मजदूरी नहीं रहती, सब काम बन्द पड़े रहते हैं। जब कोई साधारण मजदूर-परिवार थोड़ी-सी चावल की पसिया और चरोटे की बहुत-सी उबली भाजी पर दिन गुजारता है। विरोध करने वाले कभी मुझसे मिलें तो उन्हें बताऊं कि सच कितना कटु होता है। मैं जानता हूं, यदि वे अपने-आपको छत्तीसगढ़ का कहते हैं तो उन्होंने स्वयं भी कभी-कभी महसूस किया होगा। बात दरअसल सिर्फ इतनी

है कि कटु सत्य को सहना और उसकी पीड़ा झेलना आसान काम नहीं होता।

छत्तीसगढ़ के अधिकांश नगरों और गांवों में आधुनिक सभ्यता पहुंच चुकी है—ऐसा उन्होंने कहा है। मैं पूछता हूं कि इससे हुआ क्या है? 'घीसू' और 'माधव' आज भी वैसे ही हैं, जैसे पहले थे। हां, जमींदार नहीं बदले, गोटियाँ नहीं बदले। रूप बदल गए हैं। मैंने रिक्शे वालों को भी देखा है, मैंने होटल में काम करने वाले लोगों को भी देखा है, मैंने भिलाई और अन्य जगहों में कार्यरत मजदूर भी देखे हैं, जो अपने आपको छत्तीसगढ़ का कहते हैं, वे क्यों गांवों से भाग आए? वे क्यों गांवों से भाग रहे हैं? मैं नहीं पूछना चाहता, मैं बताना भी नहीं चाहता—क्योंकि सभी जानते हैं।

'सुरसतिया' एक पात्र नहीं, एक चरित्र नहीं, एक प्रतीक है—जीवन-संघर्ष का। जर्डिन हैंडरसन कम्पनी का एस॰ एन॰ राय लौटता है। मौसी अपने पुराने घर में लौट आती है। मुरली को लौटना पड़ता है। आत्म-हत्या स्वीकारनी पड़ती है। अपने कमरे में नंगा घूमता छेदी पटेल लौटता है। सभी लौटते हैं, मगर एक बहुत बड़ा फर्क सुरसतिया के लौटने में है। सुरसतिया भी लौटता है, मगर एक बहुत बड़ी संघर्ष-यात्रा के बाद। सुरसतिया का समर्पण उस हिरनी का समर्पण है, जो जानती है कि शिकारी की गोली उसे बींध भी सकती है। फिर भी वह लौट आती है और विमल मित्र की 'सुरसतिया' का अन्त हो जाता है। इन टूटते हुए तमाम पात्रों के बीच कहां थी जिन्दगी? कहां था वह शाश्वत प्रश्न, जिसे सभी को हल करना पड़ता है? सिर्फ मुक्ति की तलाश के लिए अनवरत छटपटाहट थी और तमाम यन्त्रणाओं के बीच झूलते हुए पात्र थे। 'सुरसतिया' इससे आगे नहीं बढ़ पाया और बढ़ना भी नहीं चाहिए था। हां, 'कौड़ियों के मोल' की सती की तरह सुरसतिया का दुःखान्त आदमी को झकझोर देता है। ये सब बातें पत्र-लेखक महोदय ने महसूस नहीं की होंगी। बुराई कहां नहीं होती? भाई, मैं तो कहता हूं, सिर्फ तुम उसे पहचान लो। यदि यही सब सत्य है, जो विमल मित्र ने 'सुरसतिया' में लिखा है तो मैं कहता हूं, तुम्हें सत्य और असत्य में जाने की प्रेरणा मिले।

—माताचरण मिश्र

36, खपरगंज, बिलासपुर (म॰ प्र॰)

सुरसतिया : पाठकीय प्रतिक्रिया

'साप्ताहिक हिन्दुस्तान' के 22 फरवरी, 1970 के अंक में प्रकाशित बंगला के प्रख्यात कथाकार विमल मित्र का नवीनतम लघु उपन्यास 'सूर-सतिया' पढ़ा। उपन्यास पर्याप्त रोचक और आधान्त कथा-रस से परिपूर्ण है। पति और प्रेमी के बीच विभक्त नारी की मूक व्यथा का ऐसा मार्मिक आख्यान अन्यत्र दुर्लभ है। छेदी पटेल और 'सुरसतिया' के माध्यम से विमल बाबू ने मध्यप्रदेश के उपेक्षित अंचल छत्तीसगढ़ के जन-जीवन का जैसा जीवन्त चित्र उभारा है, वह अत्यन्त मार्मिक एवं अतल हृदयस्पर्शी है। उपन्यास पढ़कर स्पष्ट हो जाता है कि लेखक ने लोक जीवन को न केवल निकट से देखा-परखा है, अपितु मूल कथा-प्रवाह में अपने को इस प्रकार प्रक्षिप्त कर दिया है कि वह भी उसका अभिन्न अंग बन गया है। पात्रों के प्रति इसी सहज रागात्मक आत्मीयता के कारण उपन्यास इतना रोचक और संवेद्य बन सका है। आपने पत्र के समस्त स्थायी स्तम्भों को अक्षुण्ण रखते हुए ऐसी उत्कृष्ट रचना को केवल एक अंक में प्रस्तुत कर अपने लाखों पाठकों का जो उपकार किया है, वह परम प्रशंसनीय है।

—बलराम यादव

द्वारा भारतीय जीवन बीमा निगम,
विभागीय कार्यालय, कानपुर

मैं छत्तीसगढ़ का निवासी हूं। सैकड़ों सुरसतियाएं मैंने देखी हैं। जीवन उनका देखा है करीब से। लिखना नहीं आता, इसलिए उनकी दर्द-भरी कथा आप तक पहुंचा न सका। अशेष धन्यवाद आपको, जो आपने विमल बाबू को इस मार्मिक रचना का प्रकाशन किया और एक छत्तीस-गढ़ी नारी की करुण कहानी को अपने असंख्य पाठकों तक इतने सस्ते दामों में पहुंचाया।

रायपुर काली मन्दिर में इस वर्ष एक सभा का आयोजन किया गया, विमल मित्र का सम्मान करने के लिए। वहां उपस्थित रहने का सौभाग्य मुझे प्राप्त हुआ था। उनसे खुलकर बातें हुई। अनेक प्रश्न पूछे गए—उत्तर भी उन्होंने दिए।

एक प्रश्न था—'नई कहानी : पुरानी कहानी, कविता : अकविता के बारे में आपका क्या मत है?' कुछ उत्तेजित हो उठे लेखक। अपनी अनूठी शैली में हिन्दी-अंग्रेजी बंगला में उत्तर दिया—'यही तो आज का रोना है। कहानी, कविता कभी भी नई-पुरानी नहीं होती। सच्ची कविता, सम्ची कहानी तो चिरनूतन, चिरशाश्वत है। उसकी संवेदना—उसकी अपील तो युवा-वृद्ध-नारी-पुरुष, समस्त पाठकों के लिए एक-सी होती है। कितनी नई पीढ़ियां आयीं और गयीं, किन्तु शरत्-बंकिम-रवीन्द्र का स्वाद कभी भी फीका न पड़ा। यह है जीवन्त-प्राणवन्त साहित्य। नई पीढ़ी और पुरानी पीढ़ी का झगड़ा स्वार्थ, दकियानूसी का झगड़ा है। मैं आज जो लिख रहा हूं, वह अगर पचास साल बाद भी जबकि परिवेश बदल चुका होगा, विचार-भावनाएं बदल चुकी होंगी, आज जैसे ही चाव से पढ़ी जाएं, समझिए मैंने सच्चा साहित्य गढ़ा, अन्यथा नहीं।'

क्या युवा साहित्यकार-कवि इस महान कथाकार के शब्दों पर किंचित् ध्यान देंगे?

—पूर्णचन्द्र मिश्र
असिस्टेण्ट प्रोफेसर, अर्थशास्त्र विभाग
शासकीय महाविद्यालय, सतना

बंगला के लोकप्रिय उपन्यासकार श्री विमल मित्र का उपन्यास 'सुर-सतिया' बहुत पसन्द आया। आजकल ऐसे अच्छे उपन्यास बहुत ही कम देखने में आते हैं। बिना सेक्स के भी उपन्यास रुचिपूर्ण हो सकता है, यह इसका प्रमाण है। ऐसे साहित्य की देश को बहुत आवश्यकता है।

—कुमारिल देव
बी-18, राणाप्रतापबाग, दिल्ली-7

'सुरसतिया' हाथ में आते ही एकसाथ पढ़ डाला। रूपान्तर भी मूल जैसा ही लयबद्ध लगता है। रेखाचित्र काफी प्रभावपूर्ण बन पड़े हैं।

—महेश कुमार पुरोहित 'ध्यानदास''
2, दिगम्बर जैन टैम्पल रोड,
(चारतल्ला) कलकत्ता-7

'सुरसतिया पूरा पढ़ा। काश, उपन्यास कुछ और बड़ा होता! सुर-सतिया के चरित्र और छेदी पटेल के लालच ने उपन्यास को आकर्षक बना दिया है।···

—शिवकुमार मंगल 'सागर'
संचालक, अभिशाप (अंग्रेजी पत्रिका)
बाड़ी (धौलपुर), राजस्थान

सुरसतिया

सुरसतिया

अपने मोहल्ले के एस॰ एन॰ राय की कहानी मैंने आप लोगों को नहीं सुनाई। पूरा नाम सत्यनार्थ राय। जार्डिन हैंडरसन कम्पनी के बड़े बाबू। साढ़े सात सौ रुपये तनख्वाह पा रहे थे। इसके अलावा कंपनी की गाड़ी थी। रोज घर से ले जाने के लिए ऑफिस की गाड़ी आती। तो इन्हीं एस॰ एन॰ राय ने लगातार अठारह साल तक नौकरी करने के बाद एक दिन अचानक नोकरी छोड़ दी। सोचा, कंपनी की साढ़े सात सौ रुपये की नौकरी के लिए वक्त बरबाद कर रहे हैं। कोई रोजगार करने पर इससे कहीं ज्यादा पैसा कमाते। हां; तो यही एस॰ एन॰ राय प्रॉविडेंट फंड का रुपया लेकर शेयर मार्केट में आए। तीन साल में सारा रुपया बरबाद कर फिर उसी ऑफिस में लौट आए। एक ही ऑफिस में नये सिरे से नौकरी शुरू की। इस बार तनख्वाह थी सिर्फ साठ रुपये।

यह मेरी आंखों देखी बात है।

इसके अलावा अपनी मौसी के बारे में भी मैंने आप लोगों को नहीं बतलाया। मरने से पहले मौसा ने मकान बनवाया था। विधवा होने के बाद मौसी ने पच्चीस हजार के उस मकान को चालीस हजार रुपए में बेच-कर सोचा, फायदा कर लिया। पांच साल बीतते-बीतते उस चालीस हजार की रकम को फूंककर मौसी फिर उसी मकान में लौट आई, लेकिन इस बार किरायेदार की हैसियत से। अपने ही मकान के दो कमरों का किराया देती रहीं, मरने के दिन तक हर महीने साठ रुपये।

वह भी मेरी आंखों देखी बात है।

और सिर्फ क्या एस० एन० राय और मौसी? न जाने कितने लोगों को कितनी तरह से देखा। मंगल जब तक मकर राशि में रहता है, मंगल ही मंगल होता है; लेकिन मकर से मंगल के हटते ही कैसे हर ओर अमंगल ही अमंगल होने लगता है, यह कौन कह सकता है? बाद में जब वही मंगल घूमकर वक्र हो जाता है, तो कैसे सब कुछ उलट-पुलट हो जाता है, यह बतलाना मेरे लिए मुश्किल है। इन सब राशि, ग्रह और नक्षत्रों का हिसाब रखना मेरा काम भी नहीं है। मैं सिर्फ सुरसतिया का हाल जानता हूं, सुरसतिया का किस्सा सुना सकता हूं। और मुझे यकीन है कि सुरसतिया की कहानी सुना देने पर सारी दुनिया के लोगों की कहानी सुनाना हो जाएगा।

दो

सचमुच ही जब-जब अपनी उलझाई उलझन में फंसकर निकल भागने का रास्ता खोजा है, लेकिन भाग नहीं पाया, तब-तब ही सुरसतिया की याद आती; या भाग पाने की जितनी ही बार अपनी ही रची दलदल में अटककर रह गया, उतनी ही बार सुरसतिया की याद आई।

अपने मोहल्ले के एस॰ एन॰ राय को देखकर भी सुरसतिया की याद आती, और अपनी मौसी को देखकर भी सुरसतिया की याद आती।

सचमुच, आज भी किसी-किसी दिन लगता है, शायद हम यानी सब लोग ही यही सोचते हैं कि सुरसतिया कदमकुआं के छेदी पटेल की बहू है।

छेदी पटेल भी कहता, 'आप ही कह दो साहब, सुरसतिया मेरी बहू है कि नहीं?"

मैं उससे कहता, "हां छेदी पटेल, सुरसतिया तुम्हारी बहू है।"

छेदी पटेल कहता, "सुरसतिया के बाप को मैंने पांच कौड़ी रुपये दिए या नहीं?"

मैं कहता, "तुम बेकार में झूठ थोड़े ही बोलोगे छेदी पटेल!"

छेदी पटेल हंसकर कहता, "तब साहब, सुरसतिया मेरे बिछोने पर क्यों नहीं सोती?"

इसके बाद मेरे कहने के लिए कुछ नहीं रह जाता था।

जब सुरसतिया अकेली होती तो मुझसे कहती, "साहब, तुम किसकी तरफ हो, मेरी तरफ या उसकी तरफ?"

मैं कहता, "मैं तुम्हारे साथ हूं सुरसतिया!"

यह बात सुनकर सुरसतिया हंसी के मारे लोट-पोट हो जाती।

सुरसतिया कहती, "मेरा आदमी तुम्हें साहब कहता है, मैं भी तुम्हें साहब कहा करूं, क्यों?"

मैं कहता, "मैं क्या साहब हूं? मैं तो बंगाली हूं।"

सुरसतिया कहती, "तब साहब तुम मेरे आदमी की तरह धोती और कुर्ता क्यों नहीं पहनते?"

मैं कहता, "धोती पहनकर कहीं शिकार किया जा सकता है? जंगलों में सुअर और बाघ-चीतों के पीछे घूमता हूं, धोती पहनने से कैसे काम चलेगा?"

सुरसतिया कहती, "अपने चने के खेतों में भी हिरन हैं साहब, देखोगे?"

मैं कह देता, "तुम्हें दिखलाने की कोई जरूरत नहीं है—मेरे साथ रामसहाय है।"

सचमुच, आदमियों की मेरे लिए कोई कमी नहीं थी। कदमकुआं का रामसहाय शिकार में मेरा खास सहारा था।

रामसहाय ने ही मुझे बतलाया था कि कदमकुआं में पहुंचने पर बारहसिंगों और 'ब्लैक बक' की कमी नहीं मिलेगी। रामसहाय नहीं बतलाता तो मैं कदमकुआं जाता ही नहीं। और कदमकुआं बिना गए छेदी पटेल की बहू मुरली को भी नहीं देख पाता और उसकी दूसरी बहू सुर-सतिया को भी नहीं देख पाता।

चाय का कप मेरे हाथ में देखकर सुरसतिया ने कहा, "साहब, इतना हंस क्यों रहे थे?"

मैंने कहा, "तुम्हें देखकर।"

सुरसतिया डर के मारे मुझसे जरा दूर हटकर अपने पूरे बदन को अच्छी तरह से देखने लगी। सत्रह-आठरह साल की सुरसतिया, अपनी नजरों से कौन जाने क्या खोज रही थी! उसके बदन में ऐसा क्या था, जिसे देखकर मैं हंसने लगा था, सुरसतिया शायद यही खोज रही थी। काफी देर तक खोजने के बाद जब कुछ भी दिखाई नहीं दिया, तो सुर-

सतिया डरी-डरी निगाहों से मेरी ओर देखने लगी।

आम तौर पर सुरसतिया डरती नहीं है। वह डरने वाली औरत है भी नहीं। कदमकुआं से अपने बाप के घर राजनदंगांव के सात मील लम्बे रास्ते को रात या दिन अकेली तय करने का दम रखती थी।

मैं कहता, "अगर किसी ने पकड़ लिया, तो?"

सुरसतिया कहती, "मुझे पकड़ कर क्या ले लेगा? मेरे पास रखा क्या है? गहने-जेवर तो है नहीं।"

सुरसतिया के पास उससे छीन लेने लायक काफी कुछ है, सुरसतिया को यह समझाना मुश्किल था।

सुरसतिया ने पहले ही दिन देर तक बातचीत करके मुझसे काफी घनिष्ठता कर ली थी। मैं इससे पहले कभी भी कदमकुआं के जीवन में नहीं आया था, कभी कदमकुआं का नाम भी नहीं सुना था। इसके अलावा कदमकुआं में हिरन भी होते हैं—मुझे यही कहां मालूम था!

छेदी पटेल को मैं जब विलासपुर में था, तभी से जानता था—लेकिन बिना कदमकुआं आए सुरसतिया से मुलाकात नहीं होती और सुरसतिया को बिना देखे मेरे लिए जीवन में काफी कुछ देखना रह जाता। मध्यवर्गीय, गरीब और बड़े घराने की जितनी ही औरतों और लड़कियों को मैंने देखा है, वे हंसती है, खेलती हैं, घर चलाती हैं और घर बरबाद करती है। सिनेमा, उपन्यास और नाटकों की और दसियों औरतों जैसा आचरण करती है, ठीक उसी तरह। सुरसतिया सचमुच उनसे अलग ही है।

और अलग हुए बिना क्या कहानी लिखना अच्छा लगता है?

तीन

बूढ़े डी' कॉस्टा साहब ने ही एक दिन मुझे कदमकुआं के बारे में बतलाया था।

मैं उन दिनों बिलासपुर में था। मेरी नौकरी रेलवे में घूस पकड़वाने की थी। दिन-रात घुसखोरों की फिराक में घूमा करता था। खाली वक्त काफी मिल जाता था, इसलिए समय काटने के लिए एक बन्दूक खरीद ली थी।

आसपास जंगल ही जंगल था। पेण्ड्रो रोड पर अमरकंटक जाते वक्त सांभर, चीते और ब्लैक-बक मिलते हैं; टिल्डा में हिरन मिलते हैं, यह सब मुझे मालूम था। डी'कॉस्टा एक जमाने में शिकार किया करते थे। अब वह बूढ़े हो गए हैं। विलासपुर में मकान-वकान बनवाकर सैटल हो गए हैं। आंखों से दिखलाई भी कम देता है। इसलिए जब मौका मिलता, मुझे सिखलाया करते और शिकार से लौटने पर मुझसे शिकार का किस्सा सुनकर अपने शोक की भूख मिटाते।

डी'कॉस्टा ने ही शुरू-शुरू में कहा था, "गो टु टिल्डा, मैन—अरे भाई, टिल्डा जाओ—अगर हिरन मारने हैं तो देयर मार लॉट्स···"

उसके बाद ही आया रामसहाय। मेरे अर्दली का भाई। उसका घर भी टिल्डा में था।

उसने कहा था, "हजूर, आप जरा भी फिकर न करें, मजे से मेरे घर रहिए, और शिकार करिए।"

यही तय हुआ। फोर्टीन-अप से रामसहाय के घर जाऊंगा। फोर्टीन-

अप शाम होते-होते टिल्डा स्टेशन पहुंचती है। वहां से रामसहाय का घर दो मील है। शाम को खाना खा-पीकर जंगल की ओर रवाना हो लूंगा। उसके बाद जैसा मौका पड़ेगा, किया जायेगा।

लेकिन ट्रेन से उतरते ही सब गड़बड़ हो गया।

शायद तब शाम होने ही वाली थी। टिल्डा स्टेशन पर उतरकर पश्चिम की ओर लेवेल-क्रॉसिंग का गेट है।

देखता हूं कि गेट पर हाथ में हरी झंडी लिए अपने बिलासपुर का अपना छेदी पटेल खड़ा है।

मैंने कहा, "छेदी पटेल, तुम ?"

छेदी पटेल अपने बिलासपुर का है। पहले बिलासपुर में लेवेल-क्रॉसिंग के गेट पर नौकरी करता था। बिलासपुर में बहुत-सी गाड़ियां आती-जाती हैं। चूचियापाड़ा के छोटे-से गेट पर हाथ में लाल और हरी झंडिया लिए वह सारे दिन पहरा दिया करता। पास ही उसकी झोंपड़ी थी।

मुझसे कितनी बार कह चुका है, "पलेटियर साहब से कहकर मेरी बदली करवा दो न साहब—उससे मुझे बड़ा सुभीता रहेगा।"

मैने पूछा "सुभीता कैसा ?"

"जी साहब, टिल्डा के कदमकुआं में मेरा घर है, अगर वहीं बदली हो जाए तो खेती-बाड़ी भी देखता रहूंगा—घर का खाकर सरकारी नौकरी हो जाएगी।"

इसके बाद मुझे झोंपड़ी दिखाकर कहता, "उधर देख रहे हो साहब, उतनी-सी जगह में घरवाली कों लेकर रहता हूं—इतनी-सी जगह में काम नहीं चलता।"

छेदी पटेल आदमी भला था। पच्चीस साल की नौकरी में कभी एक दिन के लिए गैरहाजिर नहीं हुआ। आंधी-पानी, गर्मी-सर्दी सब अपनी रफ्तार से आते और चले जाते। कभी-कभी बहुत रात गए बिलासपुर आना या जाना पड़ता। बॉम्बे मेल, नागपुर पैसेन्जर या मालगाड़ी, अप-डाउन कोई भी ट्रेन हो, स्टेशन आने से पहले खिड़की से झांककर देखता, छेदी पटेल गेट बन्द करके हरी झंडी हाथ में लिए निर्विकार भाव से खड़ा है। यह दृश्य सिर्फ मैं ही नहीं, मेरी तरह जितने लोग बिलासपुर में आए

या गए हैं, सभी ने देखा और सभी को मालूम था कि जब तक छेदी पटेल है, तब तक दुर्घटना नहीं होगी, हो नहीं सकती। रिमझिम बारिश हो रही है—रात काफी हो चुकी है—मालगाड़ी से जा रहा हूं—रेलिंग पकड़े झुककर देखता हूं—छेदी पटेल हरी रोशनी वाली लालटेन गार्ड की ओर लक्ष्य करके हिला रहा है।

डी'कॉस्टा साहब कहते हैं, "ठीक है, छेदी पटेल, ठीक है।"

डी'कॉस्टा अंग्रेजी जानते थे, हिन्दी जानते थे, साथ ही साथ छत्तीस-गढ़ी भी जानते थे।

गार्ड का डिब्बा पास आने पर छेदी पटेल हाथ उठाकर सलाम करता था—डी'कॉस्टा साहब सलाम का जवाब देते, मैं भी हाथ उठाता।

चार

छेदी पटेल बिलासपुर का सबसे बूढ़ा आदमी था।

मैं पूछता, "नौकरी करते कितने साल हो गए छेदी ?"

छेदी पटेल कहता, "एक कौड़ी और एक साहब !"

"अब और कितने दिन की नौकरी बाकी है ?"

छेदी पटेल जवाब में कहता, "क्या जानूं साहब !"

में पूछता, "क्यों, तुम्हारे पास हिसाब नहीं है ?"

छेदी पटेल कहता, "आपन तो छत्तीसगढ़ी हैं साहब, अपने को क्या मालूम, हिसाब क्या होता है ? हिसाब कम्पनी के खाते में है।"

मैं कहता, "अब कम्पनी नहीं है छेदी पटेल, अब सरकारी रेल हो गई है, यह जानते हो ?"

छेदी पटेल कहता, "सरकारी हो या और कुछ, हम तो अभी भी रेल कम्पनी ही कहते हैं।"

मैं कहता, "मालूम 'है, अब इसका नाम साउथ-ईस्टर्न रेलवे हो गया है ?"

छेदी पटेल ने कहा, "अपने को वह सब नहीं मालूम साहब, हम तो आज भी बी॰ एन॰ आर॰ कहते हैं।"

छेदी पटेल इसी तरह का आदमी था। कहां उसका घर है, कब और किसने उसे नौकरी में भर्ती करा दिया था, कब से नौकरी कर रहा है और कब तक करता रहेगा, उसे कुछ भी मालूम नहीं था। सिर्फ उस आदमी को पहचानता था। बदन पर एक नीला कुर्ता रहता था, रेल की यूनी-

फॉर्म का। उसी को पहने ड्यूटी करता और उसी को पहनकर शनीचरी हाट में जाता।

मिल जाने पर मैं पूछता, "यह क्या, हट से कुछ लाना है?"

छेदी पटेल कहता, "थोड़ी-सी मछली खरीदने आया था साहब!"

मैं कहता, "अच्छा, ठीक है।"

पांच

एक महीने की छुट्टी लेकर कलकत्ता आया था। छुट्टी पूरी होने पर ज्वाइन करने बिलासपुर लौटा तो देखता हूं, हरी झंडी लिए छेदी पटेल मौजूद है।

मुझे देखकर गेट से ही सलाम की।

"बाबूजी आ गए?"

पास आने पर पूछने लगा, "बाल-बच्चे मजे में हैं? मां जी अच्छी हैं?"

एक के बाद एक, कितने ही कुशल-प्रश्न कर डाले। घर का हाल पूछा, स्वास्थ्य के बारे में पूछा, जबकि मैंने छेदी पटेल को कभी भी इतना मुंह नहीं लगाया। कभी उससे यह भी नहीं पूछा कि उसके घर में कौन-कौन हैं। शायद उसने कभी छुट्टी भी नहीं ली थी।

एक बार सिर्फ इतना कहा था, "पलेटियर साहब से कह के मेरी बदली करवा दो न साहब!"

पलेटियर माने पी० उब्ल्यू० आई०। परमानेण्ट-वे-इंस्पेक्टर। ट्राली लिए रेलवे-लाइन की देखभाल करना उसका काम था। उन दिनों पी० डब्ल्यू० आई० मूर्ति था, वेंकटरमण मूर्ति। उससे मेरी खासी जान-पहचान थी। कितनी ही बार हम दोनों ट्राली में बैठकर हिरनों का शिकार करने अमरकंटक गए हैं। एक बार मुंह खोलते ही काम हो जाता—सिर्फ इतना कहते ही कि मूर्ति, छेदी पटेल का टिल्डा ट्रांसफर कर दो—जरा-सी कलम चलाते ही काम हो जाता। टिन्डा का आदमी बिलासपुर चला आता और

बिलासपुर का आदमी टिल्डा चला जाता। मूर्ति के लिए यह कोई कठिन काम नहीं था।

लेकिन हुआ नहीं। यानी कि मैंने ही नहीं कहा।

इसके अलावा, हर वक्त क्या हम लोग दूसरों के बारे में सोचते हैं? दूसरों का भला करने की कोशिश करते हैं? कहां का कौन छेदी पटेल, बिलासपुर के लेवेल-क्रॉसिंग का गेटकीपर—उसकी बात याद रखू, इतना वक्त हम लोगों के पास नहीं था।

अचानक एक दिन उसी छेदी पटेल को टिल्डा के गेट पर तैनात देख हैरान रह गया। छेदी पटेल भी हैरान था।

बोला, "साहब, आप!"

छेदी पटेल जानता था कि मैं घूसखोरों को पकड़ने की नौकरी करता हूं। घूस पकड़ूं या न पकड़ूं, लेकिन उसी काम से सारी सी॰ पी॰ में घूमा करता हूं, यह उसे मालूम था।

पूछने लगा, "साहब, कम्पनी का काम से आए हो?"

मुझे हंसी आई। कम्पनी का काम माने सरकार का काम। सरकार का काम बहुत दिन किया है, सरकार का नमक भी खाया है। अब और नहीं खाता। लेकिन सरकारी कर्मचारियों के हाकिम लोग कितने सरकार भक्त हैं, इसका रत्ती-रत्ती हाल मुझे मालूम है। 'राष्ट्रीय संस्थान' कहकर जो लोग बात-बात में उपदेश दिया करते हैं, वे लोग भी कितने देशभक्त हैं, इसका नमूना भी देख चुका हूं।

लेकिन वह बात यहां पर अप्रासंगिक होगी।

मैंने कहा, "मेरी बात छोड़ो, तुम यहां कैसे आ गए, यह बतलाओ।"

छेदी पटेल ने कहा, "यहां का बुधुआ विलासपुर गया और उसकी जगह मैं यहां आ गया।"

मैंने पूछा, "लेकिन यह हुआ कैसे?"

छेदी पटेल जैसे डर गया था।

बोला, "आप कुछ कहोगे तो नहीं साहब?"

मैंने कहा, "नहीं, मैं कुछ भी नहीं कहूंगा, तुम कहे जाओ।"

छेदी पटेल ने बताया, "बहुतेरी दरख्वास्त की साहब, कुछ भी नहीं

हुआ। आखिर में बाबू को खाने पीने के लिए दिया।"

"खाने-पीने के लिए?"

"हां साहब, खाने-पीने के लिए। पलेटियर साहब बाबू को एक महीने की तनखा खिला दी और उसके संग ही 'आडर' हो गया।"

सरकारी ऑफिसों में कितनी आसानी से कितने कठिन काम का समाधान हो जाता है, मुझसे ज्यादा अच्छी तरह कोई नहीं जानता होगा। खैर, जानने को एक और घटना मिली।

छेदी पटेल ने कहा, "बाबू ने पैसा जरूर खाया, पर काम भी कर दिया—कितनी ही दफे तो पैसा खवाकर भी काम नहीं बना बाबूजी!"

फोर्टीन-अप धड़धड़ाती नागपुर की ओर चली गई। लेवेल-क्रॉसिंग के दोनों ओर झींगुरों ने बोलना शुरू कर दिया। लोहे की दो पटरियां जैसे यहां से वहां तक, एकदम दुनिया के आखिरी छोर तक जमीन को जकड़े पड़ी रही। आउटर सिगनल के ऊपरी सिरे पर दो रोशनियां टिमटिमाने लगीं—एक लाल और दूसरी सफेद।

बाद में उस टिल्डा स्टेशन की ओर ही कई बार गया। दो-तीन रात भी गुजारीं, लेकिन उस दिन पहली बार छेदी पटेल के साथ की मुलाकात जैसे आज भी मन में अटूट है। झींगुरों की पुकार, सिगनल की टिमटिमाती धुंधली रोशनी, जमीन को जकड़े पड़ी रेलवे लाइन और दूर-दूर तक फैला खालीपन से भरा अन्धकार—वह जैसे भुलाया नहीं जा सकता था।

सुरसतिया कहती, "साहब, उधर भूत है।"

"कहां?"

"वहीं, जहां मेरा मरद काम करता है।"

छेदी पटेल की जुबानी भी सुना था कि उस टिल्डा के लेवेल-क्रॉसिंग के नजदीक कोई पैसेन्जर कट गया था। न जाने कहां का एक अनजान आदमी लाइन के ऊपर कूद पड़ा था। इसके बाद फोर्टीन-अप धड़धड़ाती हुई उसे कुचलती थोड़ी दूर पर जाकर रुक गई।

सुरसतिया से पूछा था, "तुम्हें डर नहीं लगता?"

सुरसतिया ने कहा था, "मैं तब कहां थी? मैं तो उन दिनों राजनन्दगांव में अपने बाप के घर थी।"

"लकिन अब तो डर लगता होगा?"

सुरसतिया कहती, "भूत मेरा क्या कर लेगा साहब? अपने पास है ही क्या, जो ले लेगा?"

सच ही तो, भूत सुरसतिया से क्या ले सकता था? आसपास में उधर जितने गांव हैं, गंज हैं, जितने लोग हैं—कोई भी सुरसतिया का कोई नुकसान नहीं कर सकता। कदमकुआं की पहली रात वाली बात आज भी याद है। नई अनजान जगह में सोना पड़ा था, नई चारपाई, नया-घर-द्वार—और दूर जंगल से बीच-बीच में बाती एक अजीब-सी आवाज। मुझे उस रात ठीक से नींद नहीं आई। नींद न आने की बात भी थी। और सोने के लिए मैं वहां गया भी नहीं था। पड़े-पड़े सुरसतिया की बातें याद पड़ रही थीं। उस छेदी पटेल को कौन जानता था? किसे पता था, बिलासपुर के उस बढ़े छेदी पटेल की बहू इतनी सुन्दर होगी? इतनी सारी खेती-बाड़ी है, चने और अरहर के इन खेतों को छोड़कर भी कोई बिलास-पुर की मैली-कुचैली झोपड़ी में जाकर रह सकता है? इतने दिनो रहा, यही आश्चर्य की बात है। जिसके पास इतना पैसा हो, जिसकी बहू के पास इतना रूप हो, वह बिलासपुर की धूल और कीचड़ में क्यों सड़ने लगा?

अचानक जैसे कहीं कोई चीख उठा।

"हाय रे, मार डाला, मार डाला रे—हाय, मार डाला रे!"

लग रहा था, रेल लाइन पर जैसे उस मृत आदमी ने सजीव होकर छेदी पटेल के घर को चीखों से भर दिया, लेकिन यह आवाज तो किसी औरत की लगती है! वातावरण जैसे कराहों से अस्थिर हो उठा। मेरी नींद टूट गई। मैंने उठकर बैठने की कोशिश की।

लेकिन तभी अचानक छेदी पटेल के गले की आवाज सुनाई दी, "पाजी, बदमाश कहीं की! चिल्लाकर डरा रही है?"

बन्दूक बिस्तरे के पास ही थी। उसे उठाकर धीरे-धीरे दरवाजा खोलते ही सामने जो देखा···

लेकिन वह बात अभी आने दो।

पहले छेदी पटेल की बात कह लूं।

रामसहाय मेरे बिस्तर का बंडल लिए पास ही खड़ा था। उसे भी देर

हो रही थी। रामसहाय मेरे अर्दली का भाई था। घर जाकर उसे भी खाने-पीने का इन्तजाम करना था। साहब आए हैं, उनके लिए मुर्गा बनेगा, परांठे बनेंगे। उसकी बड़ी पुरानी इच्छा है कि मैं उसके घर जाकर ठहरूं, अपने जूतों की धूल से उसके घर को भी पवित्र करूं।

उसने कहा, "चलिए हजूर, रात हो गई है।"

छेदी पटेल ने कहा, "साहब, आज रात मेरे घर रहना पड़ेगा—आज-भर साहब की सेवा मैं करूंगा।"

रामसहाय से कह दिया, "तुम्हारे यहां फिर किसी दिन आऊंगा। पटेल अपने बिलासपुर का आदमी है, इतने दिन बाद मिला है।"

छेदी पटेल ने कहा, "हां साहब, सालों बाद आपको देखा है।" कहकर हाथ में लगी हरी झंडी लपेटने लगा। गेट का एक पल्ला खोलकर किनारे की ओर धकेल दिया। दो-एक बैलगाड़ियां गेट खुलने की राह देखती खड़ी थीं—वे भी लाइन पार कर उस ओर चली गयीं।

छेदी पटेल ने कहा, "साहब, मेरा घर ज्यादा दूर नहीं है, मेरी ड्यूटी भी खतम हो चुकी है, साथ ही चलते हैं।"

मैंने रामसहाय से कहा, "तुम अब जाओ, सुबह जल्दी आना।"

छेदी पटेल ने तब तक रामसहाय के कंधे से मेरा सामान ले लिया था।

कच्ची पगडंडी से होकर हम दोनों चलने लगे। दोनों ओर खेत थे।

छेदी पटेल ने कहा, "साहब, वो देखो, अबकी इधर अरहर बोई है, ओर उस ओर चना बोया है।"

मैंने उस ओर देखा, अन्धेरे में भी पौधों की हरियाली जैसे फूटी पड़ रही थी। अन्धेरे में पौधे लहलहा रहे थे। कहां बिलासपुर का अन्धकूप और कहां यह टिल्डा!

छेदी पटेल ने कहा, "साहब, होशियारी से आना, इधर पानी है, जूते खराब हो जाएंगे।"

थोड़ी देर बाद ही उसने कहा, "यह आ गया कदमकुआं—मेरा गांव। यहां पर अपनी चालीस बीघे खेती है।"

"चालीस बीघे!"

मुझे आश्चर्य हो रहा था। रेल की गेट-कीपरी करके छेदी पटेल ने

इतनी जमीन बना ली!

छेदी पटेल ने कहा, "सब कम्पनी की देन है साहब! कम्पनी ही अपनी माई-बाप है।"

मैंने छेदी पटेल की ओर देखा। लग रहा था, जैसे वह कोई महापुरुष हो।

छेदी पटेल ने कहा, "सो कह सकते हो साहब, न मछली खाई कभी, न कपड़े खरीदे, रेल कम्पनी का कुर्ता पहना और रुपया जमा किया। मेरी औरत भी अच्छी रही, इसी से खर्च ज्यादा नहीं हुआ। जो दिया, सो ले लिया।"

मैंने कहा, "छेदी पटेल, तुम्हारा भाग्य अच्छा है।"

छेदी पटेल ने कहा, "उधर पानी चमक रहा है न, वही अपना पोखर है साहब! उसी को काटकर घर बनाया है। धान बेच लेता हूं, अरहर बेच लेता हूं, कुछ रुपया सूद पर चढ़ा दिया है और गेटमैनगीरी तो है ही।"

मैंने कहा, "वाह, अरे तुम तो राजा आदमी हो छेदी पटेल! तुम्हें नौकरी की क्या जरूरत है? बेकार में नाइट-ड्यूटी करके सेहत बिगाड़ रहे हो—अब नौकरी छोड़ दो। बाल-बच्चे कितने हैं तुम्हारे?"

छेदी पटेल ने इस बात का कोई जवाब नहीं दिया।

अचानक उस ओर से झगड़ने और गाली-गलौज की आवाजें आने लगीं।

छेदी पटेल कान लगाए सुनता रहा। आवाजें जैसे-जैसे नजदीक आ रही थीं, उतनी ही तेज़ होती जा रही थीं। घर जैसे फटा पड़ रहा था।

आवाजें जनानी थीं।

जरा देर चुप रहने के बाद छेदी पटेल ने कहा, "सुन रहे हो साहब—सुन रहे हो न!"

मैंने कहा, "सुन तो रहा हूं, लेकिन ये लोग हैं कौन?"

छेदी पटेल ने कहा, "और कौन होगा—मेरी दोनों 'डोकी' हैं!"

मैं हैरान रह गया।

मैंने कहा, "तुम्हारी बहू! किससे झगड़ रही हैं?"

छेदी पटेल ने कोई जवाब नहीं दिया।

तब तक घर पास आ गया था। छेदी पटेल ने आगे बढ़कर जोर से आवाज दी, "मुरली!"

जैसे किसी ने मन्त्र फेंक दिया।

यन्त्र की तरह क्षण-भर में सब कुछ निस्तब्ध हो गया। कहीं चूं तक की आवाज नहीं थी। छेदी पटेल गुस्से के मारे जैसे सांप की तरह फंफकार रहा था। बूढ़ा आदमी, सीधे-सादे भले आदमी की तरह छेदी पटेल को जानता था। कभी भी उसे गुस्सा करते नहीं देखा। हरी झंडी हाथ में लिए चलती गाड़ी को बिना किसी रुकावट के चलाते रहना ही उसका काम था। उसकी नौकरी के दौरान कभी कोई दुर्घटना होते नहीं देखी। वही छेदी पटेल गुस्से में कैसा लगता है, उस दिन पहली बार देखा।

खट से अन्दर दरवाजे का अड़ंगा खुल गया।

छेदी पटेल ने कहा, "आओ साहब!"

फिर जैसे किसी को पुकारा, "मुरली!"

एक कलूटी-सी बहू घूंघट मारे एक ओर आकर खड़ी हो गई।

तब तक मैं भी अन्दर आंगन तक पहुंच गया था।

छेदी पटेल ने कहा, "देखो, साहब आए हैं। नये कोठे को साफ करा दे और बिछौना लगाने को कह दे।"

उसके बाद मेरी ओर देखकर कहा, "देखा न साहब, अपने कानों सुन लिया न सब! जितनी देर घर नहीं रहूंगा, खाली झगड़ा और मारपीट।"

इसके बाद सामान ठीक करते हुए कहा, "क्यों बाबा, तुम लोगों से दो मिनिट चुप नहीं बैठा जाता? घर में जैसे डाकू घुस आए हों।"

छेदी पटेल ने डांटना शुरू कर दिया, जबकि दूसरी ओर से चूं तक की आवाज नहीं आ रही थी; जैसे घर में आदमी ही न हों। सब जैसे भांय-भांय कर रहा था।

छेदी पटेल ने कहा, "मुंह क्या ताक रही है? पैर धोने को पानी लेकर आ।"

लग रहा था, इस घर में आकर मैंने भारी अपराध कर डाला हो। न आने पर ही शायद अच्छा होता। छेदी पटेल अभी तक बड़बड़ा रहा था। "दो-दो बहू, नाम-भर को हया नहीं है किसी को! दोनों की दोनों जैसे मेरे

यहां लड़ने के लिए आई हैं। सबको निकाल बाहर करूंगा।"

मैंने कहा, "न हो तो मैं रामसहाय के घर ही चला जाऊं।"

छेदी पटेल ने कहा, "क्यों? मैं अकेला कहां हूं, दो-दो बहुओं के रहते आप रामसहाय के यहां जाएंगे? क्यों, मैं क्या इन रांडों को खाना नहीं देता?"

उधर से फिर भी कोई आवाज नहीं आई।

छेदी पटेल ने पुकारा, "मुरली!"

वही कलूटी बहू घूंघट मारे फिर से आ खड़ी हुई।

छेदी पटेल ने कहा, "नये कोठे में साहब का बिछौना लगा दे। साहब वहीं सोएंगे। मेरी नई वाली मसहरी लगा दे, नई चादर ले आ, तकिया ले आ। मेरे यहां सब है साहब, मैं कदमकुआं गांव का पटेल हूं, मेरे यहां भला आपको क्या तकलीफ हो सकती है!"

मैंने कहा, "लेकिन इसकी जरूरत क्या है छेदी पटेल? तुम्हारी बहुएं आराम करतीं, मैंने आकर बेकार में झंझट खड़ा कर दिया है।"

छेदी पटेल ने कहा, "झंझट किस बात का साहब? तब मैंने ब्याह काहे किया है?"

मुझे हंसी आ गई।

मैंने कहा, "इन बेचारियों को खटाने के लिए शादी की है?"

छेदी पटेल ने कहा, "खटेंगी नहीं? सारे दिन बैठी-बैठी खाएंगी? ब्याह में रुपये नहीं लगे?"

सचमुच, बात कायदे की थी! पैसे खर्च कर बहू घर में लाया है, खटाएगा नहीं? बिना खटाए आखिर पैसे वसूल कैसे होंगे?

तब तक देखता हूं, एक बाल्टी पानी आ गया।

छेदी पटेल ने कहा, "आप हाथ-मुंह धोकर आराम करो साहब! मैं दुकान तक हो आऊं।"

मैंने कहा, "इस वक्त दुकान किसलिए?"

छेदी पटेल ने कहा, "वाह साहब, आप आए हो, आपको कोई ऐसी-वैसी चीज तो खिला नहीं सकता।"

कहकर छेदी पटेल चला गया।

छेदी पटेल के जाते ही अन्दर से कानाफूसी की आवाज आने लगी।

बाल्टी के पास जाकर मैंने जूते, मोजे उतारे और हाथ-मुंह धोने बैठ गया। हाथ-मुंह धोने के बाद ताजगी महसूस हो रही थी। पास ही एक स्टूल पड़ा था, उसी पर बैठकर हाथ-पैर पोंछ लिए। छेदी पटेल का मकान बढ़िया था। कई कोठरियां थीं। चारों ओर लाइन की लाइन कोठरी। साफ-सुथरी और गोबर से लिपी-पुती। एक पिंजरे में तोता झूल रहा था। आंगन में एक ओर पेठे की बेल लगी थी। रसोई के अन्दर से एक बहू झांककर मेरी ओर देख रही थी। मेरी नजर उस ओर जाते ही वहां से हट गई। बिलासपुर में इसी छेदी पटेल को देखकर क्या मैं सोच पाया था कि वह ऐसी गृहस्थी का मालिक है? साफ-सुथरा घर, पिंजड़े में पालतू तोता, पेठों से लदी बेल। और उस पर सरकारी नोकरी। वहां भी कोई जिम्मेदारी नहीं। ट्रेन आने पर दोनों गेट बन्द कर देना और खड़े-खड़े झंडी हिलाना। काम न होने पर गुमटी में मजे से सोते रहना। दूर से आती-जाती बैलगाड़ियां अचानक थककर आकर रुकतीं। इसके बाद गाड़ियों को छाया में खड़ा करके गाड़ीवान गप लगाते और बीड़ी-तम्बाकू पीते।

इस तरह की बहुत-सी जगह देखी हैं।

सिर्फ टिल्डा और बिलासपुर ही नहीं, हातबंध, नइला, भाटापाड़ा; बड़दुआर वगैरह कितनी जगह गया हूं, ज्यादातर स्टेशन के आस-पास ही रात काटनी पड़ी। काम के सिलसिले में इस तरह पूरी सी॰ पी॰ घूम चुका हूं। दोपहर के वक्त चिलचिलाती धूप, उसी में चने के खेतों के ऊपर होकर स्टेशन के प्लेटफॉर्म पर आते हवा के झोंके। प्लेटफॉर्म छोटा-सा ही था। ट्रेन आने पर कोलाहल, इसके बाद सब शान्त। गुड्स-शेड से बड़े-बड़े मूंगफली के तेल के टीन भैसागाड़ियों में लादे जाते। हर ओर धूल। माल बाबू हर अदद पर चार आने के हिसाब से जेब में रखते जाते और सिगरेट फूंकते। चालान के भुगतान को लेकर मोल-भाव चलता, उधर क्लियर हुआ माल गाड़ी में लदता। कभी अमरूदों की टोकरी, तो कभी सन्तरों की टोकरी, तो कभी अरहर की दाल का दो-मनी बोरा। उसके बाद सारे दिन सुनसान। स्टेशन मास्टर साहब टिकटिक करती तार की मशीन

के पास बैठ तार लिखने लगते। इधर कंट्रोल से खबर आती है। थट-न-डाउन आने का वक्त हो गया है। केबिन में खबर गई। गेटमैन को बतलाना होगा।

क्रिं- किं करके घंटी बज उठी।

और साथ-ही-साथ छेदी पटेल ने उठकर गेट बन्द कर लिया।

घर्र-घर्र करती एक ट्रक आकर दरवाजे पर रुकी।

ड्राइवर ने कहा, "ऐ छेदी, गेट खोल।"

गुमटी के अन्दर से छेदी कहता, "हुकुम नहीं है, थर्टीन-डाउन आ रही है।"

"थर्टीन-डाउन के आने में अभी आधा घंटा बाकी है, दरवाजा खोल।"

छेदी पटेल कहता, "कम्पनी की नौकरी है भैया, हुक्म नहीं है, खोल कैसे दं? लाइन क्लीयर हो चुकी है।"

एक बार लाइन क्लीयर हो जाने पर छेदी पटेल के पुरखों की भी सामर्थ्य नहीं है कि गेट खोल दें। हाकिम इधर से उधर हो सकता है, लेकिन हुक्म अपनी जगह अडिग है। कितनी भी जल्दी हो, खड़े रहना ही पड़ेगा। इसके बाद गाड़ी जब गुजर जाएगी तो केबिन से हुक्म आएगा, और तब जाकर छेदी पटेल गेट खोलेगा।

घर्र-घर्र करती ट्रक चली जाएगी।

टिल्डा में ये घटनाएं मैंने नहीं देखीं, लेकिन और जगहों पर देखी हैं।

भाटपाड़ा, नाइला, हातबंध, बड़दुआर, हर जगह। देखकर कभी मन में ईर्ष्या नहीं हुई; बल्कि छोटी नौकरी को छोटी-सी जिम्मेदारी देखकर दया ही आती। ट्रेन में आते-जाते जब भी किसी गेटमैन को हरी झंडी हिलाते देखा, उसके प्रति मन में हिराकत का भाव आता।

लेकिन आज जैसे ईर्ष्या हो रही थी।

इसके माने इन लोगों की भी गृहस्थी है, घर है। इन लोगों में भी सुख-दुःख है। इनके घरों में भी पेठे और कद्दू की बेलें होती हैं, इनके आंगन में भी तोता झूलता है, गाय बंधी रहती है, हम लोगों की तरह जिन्दा रहने की इच्छा के साथ इनके भी दिन कटते हैं और शायद हम

लोगों से अच्छी तरह ही कटते हैं।

शायद ये लोग झूठ को झूठ ही समझते हैं; या सच को सिर्फ निखालिस सच ही समझते हैं। शायद एक दिन हम लोग भी इन्हीं की तरह सरल थे, सच्चे थे। इन्हीं की तरह दूसरे को अपना बना लेते थे। बाद में पढ़ाई-लिखाई की, सफेद कपड़े पहनना सीखा, सभ्य हुए, सिनेमा और थियेटर को संस्कृति का नाम देकर दूसरों को ठगा और खुद भी ठगे गए। कोई डिप्टी मजिस्ट्रेट बना, कोई मिनिस्टर बना, अब हम अच्छे को सहज में अच्छा नहीं कहते, खराब को सहज ही खराब नहीं कहते। उससे किसकी स्वार्थ-हानि होती है और किसकी स्वार्थ-सिद्धि होती है, इस बात की अच्छी तरह माप-तोल करने के बाद ही कहीं अच्छा-खराब घोषित करते हैं।

छह

"साहब!"

छेदी पटेल काफी देर का चला गया था। मैं पूरी तरह अपने में ही खोया था। अचानक चौंक उठा। देखता हूं, दोनों बहुएं आस-पास ही घूम रही है। दोनों में खूब मेल था। इन दोनों को देखकर यह यकीन करना मुश्किल था कि घर में घुसते वक्त यही दोनों इतनी जोर से झगड़ रही थीं।

मुरली ने कहा, "साहब, तुम्हारा घर साफ हो गया है। उठो।"

मुड़कर देखा, एक कोठरी को साफ-सूफ करके उसमें खटिया डाल दी गई थी।

मुरली ने कहा, "सुरसतिया, साहब को 'चा' बना दे।"

कोठरी में उस वक्त दूसरी बहू अभी-अभी बिछाए बिस्तरे को ठीक-ठाक कर रही थी।

मेरे जाते ही बहू हड़बड़ाकर भाग गई।

इसी बीच कमरा अच्छी तरह से ठीक-ठाक हो चुका था। दीवार पर ताक में कुछ किताबें रखी थीं। पतली-पतली किताबें। छेदी पटेल क्या किताबें भी पढ़ लेता है? देखा, किताबें हिन्दी फिल्मों की फोटुओं से भरी थीं। अन्दर अनगिनत फोटो। ये फिल्में क्या यहां, इस कदमकुएं में भी आ गई हैं? मैं यहां हिरन का शिकार करने आया था, और यहां आकर देखता हूं कि छत्तीसगढ़ के घर में अन्दर जनानखाने तक में भी शहरी चीजों की आमदोरफ्त थी।

बाहर से हंसने की आवाज आ रही थी।

खुले दरवाजे से देखा, रसोईघर के आगे बैठी दोनों बहुएं खिलखिला रही थीं।

मुरली कह रही थी, "तू जाकर, साहब को चा दे आ⋯"

सुरसतिया कह रही थी, "मैं नहीं जाती, तू जा।"

मुरली बोली, "मैं क्यों जाने लगी? मैं तो काली-कलूटी, देखने में खराब और बुढ़िया हूं।"

सुरसतिया बोली, "मैं तो जैसे कल की छोकरी हूं।"

कहकर खिलखिला उठी।

मुरली ने इस पर कहा, "तू अब चा ले जा रही है कि नहीं?"

सुरसतिया ने कहा, "मैं नहीं जाती, तुझे क्या?"

"तुझे क्या? अच्छा, ठीक है, उसे आने दे, तुझे फिर मार न लगवाई तो कहना।"

सुरसतिया ने कहा, "ठीक है, ठीक है, मारेगा तो मार लेगा, बूढ़े के हाथ की मार बड़ी मीठी, मालूम है?"

मुरली ने कहा, "नहीं जा रही तो ठीक है, मैं ही जाती हूं।"

सुरसतिया ने कहा, "अच्छा बाबा, जाती हूं।"

कहकर चाय की प्याली हाथ में लिए आंगन पार कर मेरी ओर आने लगी। मुझे बड़े जोर की हंसी आई। ये दोनों तो अजीब हैं। पल में झगड़ा, पल में मेल। अब देखकर कौन कहेगा कि दोनों इतनी देर से झगड़ रही थीं!

सुरसतिया ने अपनी साड़ी को अच्छी तरह से लपेट लिया था। इसके बाद एक हाथ में चाय से भरा कटोरा और दूसरे हाथ में खाने की किसी चीज से भरी कटोरी।

अन्दर मैं कुछ न देख पाने का भाव किए दूसरी ओर ताकता बैठा था।

सुरसतिया ने कहा, "साहब, चा ले लो।

मैं जैसे कुछ भी नहीं देख रहा था। अचानक चाय देखकर हाथ बढ़ा दिया।

एनेमेल के एक कटोरे में गर्म चाय थी, दूसरे में ये पीठे। देखकर

लगता था, चावल पीसकर बनाए गए हैं।

चाय देकर सुरसतिया को चले जाना चाहिए था, लेकिन वह गई नहीं।

मैंने पूछा—सर उठाकर, "मुझसे कुछ कहना है?"

इस बार छेदी पटेल की दूसरी 'डोकी' को अच्छी तरह से देखा। गोरी, गोल-मटोल गठन, एक हाथ में कांच की चूड़ियां। बदन जैसे चमक रहा था। दोनों हाथों से दरवाजे के पल्ले को पकड़े खड़ी थी। मेरी ओर देख-देखकर हंस रही थी।

मैंने फिर कहा, "मुझसे कुछ कहना है?"

पहले तो सुरसतिया जैसे हिचकिचाई, फिर मेरी ओर देखकर बोली, "तब इतना हंस काहे रहे थे?"

अचानक इस तरह का आरोप सुनकर चौंक पड़ा।

फिर बोला, "कब? मैं तो नहीं हंसा था।"

सुरसतिया ने कहा, "हंसा नहीं कह देने से ही हो गया, मैंने सब देखा है। रसोईघर में दीदी से बात हो रही थी, तब कौन हंस रहा था—मैं?"

बात टालने के लिहाज से मैंने कहा, "यह सब क्या है? यह सब मैं नहीं खा पाऊंगा।"

सुरसतिया ने कहा, "नहीं, यह खाने ही पड़ेंगे, चावल के पीठे हैं, मैंने खुद बनाए हैं।"

मैंने कहा, "तुमने बनाए हों या मुरली ने बनाए हों—मुझसे खाए नहीं जाएंगे।"

सुरसतिया बोली, "अच्छा, मुरली के कहने से खाओगे?"

मैंने कहा, "मुरली और तुम क्या अलग-अलग हो?"

सुरसतिया ने कहा, "फिर तुम खाते क्यों नहीं हो?"

आखिर मुझे खाने ही पड़े। हाथ से बनाए चावल के पीठे। मीठे-मीठे अच्छे ही लगे। खाली कटोरा सुरसतिया के हाथ में दे दिया।

फिर कहा, "अब तो खुश हो?"

सुरसतिया इस पर भी खुश नहीं हुई।

उसने कहा, "लेकिन तुम हंस क्यों रहे थे?"

मैंने कहा, "हंस रहा था तुम दोनों का तमाशा देखकर।"

सुरसतिया ने कहा, "मेरे आदमी से कह देना तो—सारे दिन मेरे से झगड़ा करती है।"

मैंने कहा, "क्यों? मुरली तुम्हारे साथ झगड़ा क्यों करती है?"

सुरसतिया ने कहा, "मैं सुन्दर हूं, इसलिए।"

मैंने कहा, "वाह, तुम सुन्दर हो?"

ठीक तभी छेदी पटेल की आवाज सुनाई दी। और साथ ही सुरसतिया हड़बड़ाकर भाग गई। दूकान से आलू, प्याज और न जाने क्या-क्या खरीदकर पीठ पर लादें छेदी पटेल अन्दर आया। आते ही पूछा, "मुरली, साहब को चाय पिलाई?"

सात

अच्छी तरह से याद है, सुरसतिया को पहली बार देखने के बाद ही मुझे बड़ा अजीब लगा था। पहले तो कभी ऐसा नहीं देखा। खासकर छेदी पटेल के घर इस तरह की औरत को देखने का तो कभी खयाल भी नहीं आया था।

खाना खाते-खाते छेदी पटेल ने तरह-तरह की बातें की।

छेदी पटेल ने पूछा, "पलेटियर साहब की क्या खबर है?"

मैंने कहा, "तुम्हारे बारे में उससे कहूं?"

फिर जरा रुककर मैंने कहा, "बिलासपुर बदली कराना चाहते हो?"

छेदी पटेल ने कहा, "अब और बदली की जरूरत नहीं है, यहीं मजे में हूं। अब की मकई बोई थी—बेचकर चालीस रुपये की आमदनी हुई। घर का खाकर नौकरी कर रहा हूं, अब बिलासपुर नहीं जाऊंगा साहब!"

मैंने पूछा, "यहां की ड्यूटी कैसी है?"

छेदी पटेल ने कहा, "बड़ी हलकी है साहब! बिलासपुर में बड़ा काम था, सारे दिन गेट पर पहरा देना पड़ता था—यहाँ खेत भी देखता हूं, गेट पर पहरा भी देता हूं—इधर गाड़ी-घोड़ा कम हैं न—साहब लोग ही नहीं है—सबके सब गंवार हैं, डांटने पर सुनते हैं।"

"इसीलिए यहां आकर दो ब्याह कर लिए हैं?"

छेदी पटेल हंस पड़ा।

फिर बोला, "साहब, पैसे का मुंह देखा है, थोड़ा-सा सुख-आराम भी नहीं करूंगा?"

छेदी पटेल ने फिर कहा, “अपने पलेटियर रिटायर हो गए। पूरे चालीस हजार रुपये प्रॉविडेंट फण्ड में मिले। इसके बाद फिर आए नौकरी ढूंढते।”

मैंने कहा, “कौन-से पलेटियर साहब ?”

छेदी पटेल ने कहा, “टिल्डा वाले पलेटियर साहब। हजूर, उनसे तो अपनी ही हालत अच्छी है। आपकी दया से सब कुछ मौजूद है।”

आठ

चने की दाल, मोटे लाल आटे की रोटी, आलू-प्याज की तरकारी और मुर्गी के अण्डों का झोल।

मैंने कहा, "नहीं छेदी, चाय के साथ बहुत पीठे खा चुका हूं।"

छेदी पटेल कहने लगा, "साहब, ये हिरन आकर खेत के सारे चने खा जाते हैं, हिरनों को साफ कर डालो साहब—मैं ड्यूटी पर रहता हूं। दोनों बहू ठहरीं औरत की जात, औरतों से तो जैसे डरते ही नहीं हैं।"

रात काफी हो चुकी थी। एक बार मुरली ने और फिर एक बार सुरसतिया ने काफी रोटियां खिला डालीं। रामसहाय रात को देखने आया था—हाथ में एक हरिकैन लालटेन लिए।

कहा, "हजूर, आज रात चलेंगे क्या?"

मैंने कह दिया, "आज रात को रहने दे। कल आना यहीं, दोपहर बाद।"

नौ

हर इन्सान की जिन्दगी में ही शायद कहीं कुछ रह जाता है; या तो हिसाब में कुछ बाकी पड़ जाता है, नहीं तो अनुभूति में। उस बाकी से ही किस वक्त एक दिन अनजाने ही जमा हो जाता है, उसी तरह बाद में एक दिन सब कुछ खर्च भी हो जाता है। जान ही नहीं पाता कि वह कब ऐश्वर्यवान हो गया और फिर कब अचानक खाली होकर फक्कड़ रह गया। इस छेदी पटेल को ही लो। सोचा था, बिलासपुर से टिल्डा आकर उसका खजाना लबालब भर जाएगा, उसका सौभाग्य गगनचुम्बी हो उठेगा। पूरे चालीस बीघे, की तो उसकी खेती ही है। इसके अलावा उसकी सरकारी नौकरी उसका प्रॉविडेंट फंड—इतना ऐश्वर्य। वह ऐश्वर्य की एक-एक बूंद को भोगेगा; लेकिन तब उसे क्या पता था कि सुरसतिया उसके सारे ऐश्वर्य की जड़ में इतनी कड़ी चोट कर देगी, और वह भी इतने अप्रत्याशित भाव से?

लेकिन वह बात अभी नहीं।

दस

सुरसतिया मेरा बिस्तरा ठीठ-ठाक करके रख गई थी। कोठरी में आकर में लेटा-लेटा तरह-तरह की बातें सोच रहा था। मैं ही क्या कभी सोच पाया था कि छेदी पटेल के घर आकर मुझे इस तरह रात बितानी पड़ेगी?

धीरे-धीरे रात काफी हो आई थी। कदमकुएं में छेदी पटेल के घर की हलचल आहिस्ता-आहिस्ता खत्म हो गई। तभी ठीक सर के ऊपर से शायद उल्लू की तीखी आवाज पूर्व-पश्चिम की ओर कहीं जाकर धीमे पड़ते-पड़ते खो गई। छेदी पटेल के चने के खेतों में से शायद किसी बनैले सुअर की भद्दी आवाज कान में आकर लगी; या हो सकता है, सभी मेरी मनगढ़न्त बात थी। मेरा शिकारी मन हो सकता है, हर जगह शिकार खोजता फिरता है। जरा-सी चीज की आवाज भेड़िये की आवाज लगती है। 'डी' कॉस्टा की बात भी दिमाग में घूम गई।

डी'कॉस्टा कहा करते थे, शिकारी को सोते वक्त भी चौकन्ना रहना चाहिए।

डी'कॉस्टा की बात अलग है। शिकार न मेरा नशा है, न पेशा ही। पता नहीं कब एक फितूर-सा चढ़ गया था—एक राइफल खरीद डाली। मौका लगते ही राइफल लेकर निकल पड़ता। अब वह सब छोड़ दिया है। वह राइफल कहां गई, किसे बेच दी, उस आदमी का पता-ठिकाना भी याद नहीं है। बिलासपुर छोड़ने के साथ ही शिकार की सारी कहानी भी मन में से पोंछ डाली। याद है सिर्फ कदमकुएं के उस छेदी पटेल की

बात, और उसकी बहू सुरसतिया और मुरली की बात। बाकी सब कुछ भूल चुका हूं।

अगले दिन सुबह उठने से पहले ही आंगन में झाड़ू लगने की आवाज सुनाई दी। जंगले से देखा, छेदी पटेल की पहली वह मुरली झाड़ू लगा रही थी। सुबह के प्रकाश में बहू को अच्छी तरह से देखा। शक्ल-सूरत से जरा भी अच्छी नहीं थी। उमर करीब चालीस की होगी। गोबर से इतनी देर में आंगन लीप चुकी थी।

छेदी पटेल की नाइट-ड्यूटी थी। रात को खा-पीकर वह पहरा देने चला गया था। शायद अब आता ही होगा।

मैं उठने की सोच रहा था।

अचानक रसोई पर से सुरसतिया की आवाज आई।

"मुरली, साहब को चा दे आ।"

देखा, रसोई के सामने बैठी सुरसतिया चाय बना रही थी। रात वाली वह सुरसतिया जसे अब पहचान में ही नहीं आ रही थी। इसी बीच नहा चुकी थी। मांग में ढेर-सा सिंदूर भर रखा था। हाथ की बुनी हरी धोती पहन रखी थी।

मुरली को फिर आवाज दी, "अरी, साहब के लिए चा ले जा।"

सुरसतिया कह रही थी, "कल साहब को मेरे हाथ की चा अच्छी नहीं लगी थी—तू ही दे आ।"

मुरली ने कहा, "आज अच्छी लगेगी।"

और साथ ही मेरे दरवाजे पर दस्तक हुई।

मैंने मट से दरवाजे का अड़ंगा खोल दिया।

बाहर सुरसतिया मुंह पर हाथ रखे मुस्करा रही थी, और मेरी ओर देख रही थी।

"साहब, मेरे हाथ की चा पीओगे?"

मैंने कहा, "क्यों, तुम्हारे हाथ की चाय पीने में कोई बुराई है?"

सुरसतिया हंसी न रोक पाने से दौड़कर चली गई। रसोई के पास पहुंचकर खिलखिला पड़ी। दोनों ही हंस रही थीं, जरा-सा रुकतीं, फिर हंसने लगती। हंसते-हंसते लोट-पोट हुई जा रही थीं। दोनों बहुएं काफी

देर तक इसी तरह हंसती रहीं।

इसके बाद एक कटोरे में चाय लिए फिर आ गई।

मैंने पूछा, "सुरसतिया, वह बात क्यों पूछ रही थी?"

सुरसतिया की समझ में नहीं आ रहा था। उसने पूछा, "कौन-सी बात साहब?"

"वही, कि तुम्हारे हाथ की चाय पिऊंगा या नहीं?"

सुरसतिया फिर हंस पड़ी।

उसने कहा, "साहब, कल सांझ तुमने सारी चा पी नहीं थी, इसीसे पूछ रही थी।"

मैंने कहा, "कल नहीं पी थी उसकी वजह दूसरी थी। पीठे खाकर पेट भर गया था; लेकिन तुम लोग इतना हंस क्यों रही हो?"

सुरसतिया मेरे सामने वाली देहली पर बैठ गई।

फिर बोली, "हंसूंगी नहीं तो क्या? हमारा मरद घर में जो नहीं है।"

मैंने कहा, "तुम्हारा मरद शायद हंसने पर डांटता है?"

सुरसतिया ने कहा, "बूढ़ा जो हो गया है। बूढ़े लोग हंसी का मजा क्या जानें साहब! तुम्हीं बताओ, मैं ठीक कह रही हूं न?"

मैंने कहा, "बूढ़ा है तो क्या हुआ, तुम्हारा आदमी है। अपने आदमी की श्रद्धा करनी चाहिए, आदमी की बात सुननी चाहिए। वह जो कहे, करना चाहिए।"

सुरसतिया ने कहा, "मैं क्यों सुनने लगी? सुनेगी वह मुरली।"

सुनकर मुझे बड़ा अजीब लगा।

मैंने कहा "मुरली अकेली क्यों सुने? तुम्हें भी तो सुनना चाहिए। तुम भी तो उसकी बहू हो।"

सुरसतिया ने कहा, "बहू न धूल थोड़ी-सी।"

"है, तुम उसकी बहू नहीं हो?"

सुरसतिया ने कहा, "मैं क्यों उसकी बहू होने लगी? उसकी असली बहू तो मुरली है। मुरली से ही तो मेरे मरद ने ब्याह किया है।"

"और तुम?"

"मैं तो चूड़ी पहनाई 'डोकी' हूं।"

चूड़ी पहनाई 'डोकी! बात ठीक से समझ में नहीं आई।

मैंने कहा, "इसके माने?"

सुरसतिया अचानक पुकार उठी, "मुरली!"

मुरली शायद घर का काम कर रही थी। सुबह के वक्त गृहस्थी का काम भी काफी रहता है। सुरसतिया की तरह बातूनी कोई नहीं है।

मैंने कहा, "क्यों, मुरली को क्यों पुकार रही हो? शायद काम कर रही होगी।"

सुरसतिया ने कहा, "काम न धूल थोड़ी-सी। काम किस बात का! चा बनाना और भात रांधना—यह कौन बड़ा काम है, सभी कर सकते हैं।"

मैंने कहा, "तुम तो काम नहीं करती हो, सुबह से सिर्फ खिलखिलाती फिर रही हो। मुरली ही तो सारा काम करती है।"

सुरसतिया ने जीभ निकालकर कहा, "हिश, में काम नहीं करती? मुझे जैसे कोई काम नहीं है? सुबह उठकर पोखर गई, कपड़े धोए, पानी भरकर लाई, इसके बाद चा बनाई।"

मैंने कहा, "चाय बनाना भी कोई काम है?"

सुरसतिया ने कहा, "चाय बनाना काम नहीं है? कल ड्यूटी पर जाने से पहले मरद क्या बोल गया है, जानते हो साहब?"

मैंने कहा, "क्या कह गया है?"

सुरसतिया ने कहा, "सवेरे ही तुम्हारे लिए चा बना देने की कह गया है। तुम शायद रेल के बड़े अफसर हो, है न साहब?"

"इसीलिए सुबह-सुबह चाय देने को जल्दी मचाई?"

"मैंने मुरली से कहा था तुम्हें चा देने को। उसने कहा, मैं ही दे आऊं।"

"इसीलिए इतना हंस रही थीं?"

सुरसतिया ने कहा, "मैं चा क्यों देने लगी? मैं इस घर की कौन हूं?"

"क्यों? तुम कुछ भी नहीं हो?"

सुरसतिया ने कहा, "मैं तो चूड़ी पहनाई डोकी हूं—मैं असल डोकी थोड़े ही हूं!"

"इसके माने ?"

मेरी समझ में नहीं आ रहा था, यह चूड़ी पहनाई बहू क्या होती है !

सुरसतिया ने वहीं बैठे-बैठे आवाज दी, "मुरली ! ओ मुरली !"

इस बार मुरली आई।

उसने कहा, "क्या कह रही है, बोल ?"

सुरसतिया ने कहा, "साहब पूछ रहे हैं, चूड़ी पहनाई डोकी किसे कहते हैं, तू बतला दे।"

सुनकर मुरली भी हंस पड़ी।

फिर बोली, "साहब, तुम कल हंस क्यों रहे थे ?"

मैंने कहा, "किस वक्त ?"

मुरली ने कहा, "कल दिन ढले, जब तुम आए थे।"

मैंने कहा, "तुम दोनों झगड़ती भी हो, फिर झट से मेल भी कर लेती हो, यही देखकर हंस रहा था। आखिर तुम दोनों इतना क्यों लड़ती हो ? छेदी पटेल भी कह रहा था।"

मुरली ने कहा, "वह तो साहब इस सुरसतिया के ही लिए होता है। इसके मारे ही मुझे यह भोगना पड़ रहा है। यह अगर मेरी बात सुनती तो मेरे भाग में यह दुःख क्यों होता ?"

सुरसतिया उठ खड़ी हुई।

चीखकर बोली, "सुरसतिया का कसूर ! सुरसतिया ने कसूर का क्या काम किया है ? सुरसतिया क्या उस बूढ़े की ब्याही बहू है कि तेरी तरह मुंह बन्द किए सब सहेगी ? तू क्यों भोग रही है ? किसने कहा है तुझसे भोगने को ?"

मुरली ने कहा, "तू मुझसे यह सब कह रही है ? मुझसे कह रही है कि तेरे लिए क्यों भोगती हूं ?"

सुरसतिया ने कहा, "कहूंगी नहीं ? तू क्यों आती है मुझे जलाने ?"

मुरली भी बरस पड़ी, "तुझे किस बात की जलन है री ? तू ही अगर मेरा दुःख समझ लेती तो फिर मुझे किस बात की फिकर थी ?"

सुरसतिया ने कहा, "तेरा दुःख समझे मेरी बला। तू मेरी कौन है ?"

मुरली बोली, "कोई भी नहीं हूं ? तू यह कह पाई न !"

सुरसतिया ने कहा, "क्यों नहीं कहूंगी—सौ बार कहूंगी, हजार बार कहूंगी। तू मेरी कौन है, जो तेरा दुःख समझू? कभी तूने सोचा मेरे दुःख के बारे में? कभी समझना चाहा?"

मुरली ने कहा, "मैंने तेरा दुःख नहीं समझा? तू यह क्या कह रही है!"

सुरसतिया ने कहा, "हां-हो, समझा है, खाक समझा है! समझती तो इस तरह मेरे पीछे न पड़ती, इस तरह गला दबाकर मुझे मारा न होता—दोनों ने मिलकर मुझे मार डालना चाहा, मुझे पागल कर देना चाहा।"

कहकर सुरसतिया अचानक आंचल में चेहरा छुपाकर रोने लगी। उसके बाद शायद अपनी रुलाई पाने के लिए घर छोड़कर बाहर चली गई।

सुरसतिया का इस तरह रोना, फिर भाग जाना मुझे बड़ा अजीब लगा।

मैंने मुरली की ओर देखा।

मुरली ने कहा, "देखा न साहब! देखा न अपनी आंखों से ही!"

मैंने कहा, "क्यों? वह इस तरह रोई क्यों?"

मुरली ने कहा, "क्यों रोई, यह उसी से पूछ लो साहब!"

मैंने कहा, "तुम दोनों को लाकर, देखता हूं, छेदी पटेल बेचारा तो बड़ी मुश्किल में फंस गया है। तुम लोग अगर मिल-जुलकर घर नहीं देखोगी तो किस तरह काम चलेगा? दिन-रात खटकर बेचारे ने पैसा कमाया है, खेती-बाड़ी की है। यह सब चौपट हो जाएगा। तुम लोग इतनी-सी बात क्यों नहीं समझती हो?"

अचानक सुरसतिया आ गई।

बोली, "चौपट होगा, बहुत अच्छा होगा। हो न चौपट, सब फुंक जाए। मेरा क्या है? बूढ़े के पास जो पैसा है, उसका है, उससे मुझे क्या?"

मैंने कहा, "ऐसा नहीं कहना चाहिए सुरसतिया! तुम्हें खाने-पहनने को कौन दे रहा है? तुम्हारी सुख-सुविधा का खयाल कौन कर रहा है?"

सुरसतिया मुरली की ओर देखकर कहने लगी, "बड़ा सुख मिल रहा

है मुझे! मेरे सुख की जैसे सीमा ही नहीं है! मुरली, बतला न! कह न! बूढ़े ने हमें कितना सुख दे रखा है, वतला न!"

मुरली ने कहा, "तू चली गई थी, फिर आई किसलिए?"

सुरसतिया ने कहा, "आऊंगी क्यों नहीं? सो बार आऊंगी, हजार बार बाऊंगी। मेरी मर्जी, मैं आऊंगी, तू बोलने वाली कौन?"

मुरली ने मेरी ओर देखकर कहा, "साहब, देख रहे हो इसका हाल! इसे पागल न कहूं तो क्या कहूं?"

सुरसतिया बरस पड़ी।

बोली, "जो मैं पागल हूं, तो तुम्हीं लोगों की वजह से, तू···तूने मुझे पागल बनाया है। मैं क्या पागल थी? तुम्हारे घर आकर ही तो पागल हो गई हूं।"

कहते-कहते सुरसतिया फिर बाहर निकल गई।

इसके बाद मैंने मुरली की ओर देखा, मुरली ने भी मेरी ओर देखा। थोड़ी देर कोई कुछ भी न बोला।

फिर मुरली ने कहा, "देखा न साहब!"

मैं कुछ भी न कह पाया, मेरे मुंह से एक शब्द भी न निकला। मुरली ने कहा, "बूढ़ा बेचारा रात-भर की ड्यूटी करके आता होगा, अगर उसके कान में ये बातें जाएं तो बेचारा क्या कहेगा?"

मैं कुछ भी न कह पाया। मेरी जबान पर कोई उत्तर ही नहीं आ रहा था। मेरे पास कहने को था भी क्या! दो दिन के लिए काम से कदमकुआं आया था, काम पूरा होने पर चला भी जाऊंगा—मुझे क्या पड़ी है इन लोगों के घरेलू मामले में सर खपाने की? मैं कौन हूं? इस छत्तीसगढ़ी परिवार के भीतरी मामले में सर खपाने की मुझे क्या जरूरत? इनकी समस्या इन्हीं की बनी रहे, मैं क्यों अपनी बुद्धि लगाऊं? मैं यहां से चला जाऊंगा? इन लोगों के मामले में उत्सुकता दिखलाना ठीक नहीं होगा। छेदी पटेल को भी इस बारे में कोई राय देना बेकार है। सच ही तो, मैं इनका कौन हूं?

ग्यारह

सुबह हो गई थी। छेदी पटेल शायद आता ही होगा। उसकी नाइट-ड्यूटी अब तक पूरी हो चुकी होगी। अब तक उसका रिलीवर न आया होगा। अभी भी शायद वह अपने रिलीवर का इन्तजार कर रहा होगा। टिल्डा के गेट की चाभी, गुमटी की चाभी और लाल-हरी झण्डी सौंपकर ही वह आ सकता है।

अपनी बन्दूक भी ठीक कर ली। बारह बोर वाली बन्दूक। डी'कॉस्टा साहब ने खुद देख-भालकर खरीद दी थी। अपनी झोली में कुछ कारतूस भी डाल लिए। रामसहाय आता ही होगा। अब यहां रुकने की जरूरत नहीं है। रामसहाय के घर ही रुकूंगा।

अन्दर से अचानक मुरली की आवाज सुनाई दी।

मुरली कह रही थी, "सुरसतिया, साहब के पास जा तो एक बार। तेरे पर गुस्सा करके साहब ने चा भी नहीं पी।"

सचमुच मैने चाय नहीं पी।

सुरसतिया आई। चाय के कप की ओर देखकर कहने लगी, "साहब, तुमने चा नहीं पी?"

मैंने कहा, "मैं यहां चाय नहीं पिऊंगा और कुछ भी नहीं लूंगा।"

"क्यों?"

अचानक मेरी ओर देखकर सुरसतिया जैसे दुखी हो गई।

मैंने कहा, "तुम दोनों इतनी झगड़ती हो। मुझे यहां पर जरा भी अच्छा नहीं लग रहा। मैं रामसहाय के यहां चला जाऊंगा।"

मैने सुरसतिया की ओर देखा। सचमुच उसका मासूम चेहरा सूख आया था। आहिस्ते-आहिस्ते वह बोली, "साहब, तुम रुक जाओ, मैं अब और झगड़ा नहीं करूंगी।"

मैने कहा, "नहीं सुरसतिया, तुम लोगों के बीच रहने की आखिर जरूरत भी क्या है? तुम लोग झगड़ो या लड़ो, जो जी चाहे करो, अपने मरद की भी सेवा करो या न करो, मुझे जरूरत क्या है देखने की? में तो दो दिन के लिए आया हूं, कल-परसों तक चला भी जाऊंगा—इस झमेले के बीच रहने की जरूरत क्या है मुझे?"

मैंने फिर से सुरसतिया के चेहरे की ओर देखा। चेहरा जैसे और भी गम्भीर लग रहा था। इतना हंसमुख चेहरा इतना गम्भीर भी हो सकता है, यह सोचा भी नहीं जा सकता। मैंने कहा, "तुम दोनों बहू झगड़ा करोगी, करो न। मेरे रहने से तुम लोगों की बेकार अड़चन होगी। मेरे चले जाने से तुम लोगों को भी शान्ति मिलेगी और मुझे भी। सोचता हूं कि छेदी की बात मानकर ही मैंने भूल की।"

सुरसतिया अभी तक चुपचाप खड़ी थी।

मैंने कहा, "मेरा बिस्तरा बांध दो, रामसहाय के आते ही यहां से चला जाऊंगा। मेरे लिए तुमको फिर चाय भी नहीं बनानी पड़ेगी, रोटी भी नहीं बनानी पड़ेगी।"

अबकी बार सुरसतिया बोली, "मुझे माफ कर दो साहब, में अब झगड़ा नहीं करूंगी।"

मैंने कहा, "कह तो रही हो कि झगड़ा नहीं करूंगी, लेकिन हो सकता है, अभी-अभी ही फिर लड़ने लग जाओ।"

सुरसतिया ने कहा, "नहीं साहब, मैं अब झगड़ा नहीं करंगी, तुम चा पी लो।"

इसके बाद आंचल के पीछे से चावल की बनी मिठाई निकालकर दांत से तोड़ी।

फिर बोली, "यह देखो साहब, मैंने मुरली की बनाई मिठाई खा ली। मुरली से मेरा मामला हो गया, अब तुम चा पी लो।"

मैं हंस पड़ा।

मैंने कहा, "मैं चाय तो पिए लेता हूं, लेकिन अपनी बात याद रखना।"

सुरसतिया के चेहरे पर देखा, फिर से हंसी खिल उठी थी। फिर से वह पिछले दिन की तरह ही हो गई। पिछले दिन की ही तरह हंसती हंसती जैसे रसोईघर में जाते ही फिर से लोटपोट हो जाएगी।

सचमुच, मेरे चाय पीने न पीने पर जैसे अब तक उसका जीना-मरना निर्भर हो, ऐसा लग रहा था, जबकि कितनी आसानी से इतनी-सी देर में ही सुरसतिया फिर वैसी की वैसी हो गई! सचमुच, देस-परदेस में पता नहीं कितने प्रियजन फैले हैं, आज उन्हें पहचानता नहीं हूं। जिस दिन पहचान पाऊंगा, उस दिन लगेगा, वे लोग पता नहीं कब के परिचित हैं। कितने युगों के परिचित! जिन्दगी के और भी न जाने कितने घाटों पर हमारी नाव ठहरेगी, हर जगह ही न जाने कितना देन-लेन बाकी रह जाएगा, कौन कह सकता है!

अचानक हड़बड़ाता हुआ छेदी पटेल आ गया। हाथ में लाठी और -लालटेन। लालटेन बुझी हुई थी। ड्यूटी पर जाते वक्त जलाकर ले गया था।

आते ही बोला, "मुरली, साहब को चा दी?"

कहते-कहते सीधे मेरे कमरे में चला आया।

फिर पूछा, "हजूर, चा पी? इन लोगों ने खाना-वाना खिलाया? रात को नींद आई?"

मैंने कहा, "मुझे जरा भी तकलीफ नहीं हुई छेदी, तुम जरा भी फिक्र मत करो।"

छेदी पटेल ने कहा, "अरे नहीं साहब, आपको पता नहीं है। लेकिन दोनों क्या चीज हैं, ये दोनों क्या आदमी हैं हजूर? दिन-रात लड़ाई-झगड़ा, मारपीट और खींचातानी करती हैं। मेहमान की खातिर करना ये लोग कहां जानती हैं?"

मैंने कहा, "नहीं छेदी, इन लोगों ने चाय भी पिलाई, खाना भी खिलाया।"

छेदी पटेल ने कहा, "साहब, रात जरा भी सो नहीं पाया, मगज जैसे

फटा पड़ रहा है।"

मैंने कहा, "क्यों, रात की गाड़ियां ज्यादा थीं शायद?"

छेदी पटेल ने कहा, "दो इस्पेशल और दो डाक-गाड़ी—मास्टर बाबू ने जान ही निकाल ली।"

जरा देर बाद ही रामसहाय आ गया।

जाने से पहले छेदी पटेल ने कहा, "आज से मेरी नाइट-ड्यूटी खत्म हो गई साहब! रात को बैठकर बात करेंगे। आज बकरा कटवाऊंगा, ज्यादा देर न करिएगा?"

बारह

शिकार मेरा शौक रहा है। पहले भी कह चुका हूं, यह न तो मेरा' पेशा ही रहा है और न नशा ही; लेकिन शिकार के लिए उस बार कदम-कुआं जाने पर मुझे जो तजुर्बा हुआ, उसी से मेरा सारा खर्च और मेहनत वसूल हो गई थी।

अभी तक याद है, सारे बदन में धूल-मिट्टी पोते जब वापस आया, शाम हो चुकी थी। रामसहाय पहले ही से आकर झोली दे गया था।

सुरसतिया का उस वक्त एक और ही रूप देखा।

वालों का जूड़ा बनाकर उसमें फूल लगा रखे थे। बेल के कांटे लगा लिए थे। मेरे आते ही सुरसतिया कमरे में आई।

पूछने लगी, "साहब, क्या शिकार मिला?"

मैंने कहा, "आज कुछ भी शिकार नहीं मिला।"

अचानक सुरसतिया पूछ बैठी, "साहब की शादी हो चुकी है?"

शादी! शादी की बात क्यों पूछ रही है?

मैंने पूछा, "शादी की बात क्यों पूछ रही हो?"

सुरसतिया ने कहा, "तब हिरन के बच्चे को छोड़ क्यों दिया?"

समझ गया, रामसहाय मुझसे पहले आकर सब कह गया था।

मुझे हंसी आ गई, मैंने कहा, "लगता है, रामसहाय कह गया?"

बिल्लारी के जंगलों में झाड़ियों के नीचे छुपे मैं और रामसहाय बैठे थे। नरम-नरम हरी घास खाने झुण्ड के झुण्ड हिरन आ रहे थे। वह एक देखने लायक सीन था। ठीक दोपहर का वक्त। चिलचिलाती धूप। फिर

भी जिस जगह बैठा था, वहां गहरा अंधेरा था।

रामसहाय ने कहा, "मारिए हजूर!"

रामसहाय से मैंने चुप रहने को कहा। जरा-सी आवाज करते ही सब भाग जाएंगे। बन्दूक लिए आहिस्ता-आहिस्ता आगे बढ़ने को सोच रहा था। झुण्ड के बीचोंबीच एक लम्बे सींगों वाला हिरन था। उसीपर निशाना साधकर बन्दूक उठाई ही थी कि अचानक रामसहाय की आवाज सुनकर झुण्ड ने दौड़ लगाई। सबके सब तितर-बितर हो गए। सारा किया-धरा बेकार हो गया। जल्दी से बन्दूक उठाकर मारता तो एक-आध जरूर ही गिरता, लेकिन उसमें मजा नहीं आता। जिसपर निशाना लगाया अगर न गिरे, तो फिर कैसा मजा।

मुझे रामसहाय पर झुंझल आ रही थी।

अचानक देखा, एक नन्हा-सा हिरन का करीब दो महीने का बच्चा कीचड़ में फंस गया था। जितना ही निकलने की कोशिश करता, उतना ही ज्यादा फंस रहा था। मैं बच्चे की ओर झपटा। जल्दी से उसकी टांग पकड़कर उसे कन्धे पर उठा लिया। सारा बदन कीचड़ में सन गया।

रामसहाय बेहद खुश था।

उसने कहा, "आज छेदी पटेल खूब खुश होगा हजूर!"

मैंने कहा, "क्यों?"

रामसहाय ने कहा, "हिरन के बच्चे का नरम-नरम मांस बूढ़ा बड़ स्वाद से खाएगा। बूढ़ा जीभ का चटोरा है!"

कन्धे पर बच्चा छटपटा रहा था।

अचानक पास की झाड़ी में न जाने कैसी आवाज हुई। मुड़कर देखता हूं, एक मादा हिरनी थी। निडर खड़ी मेरी ओर ताक रही थी।

रामसहाय ने भी देखा।

बोला, "हजूर, और एक।"

लेकिन उस वक्त बन्दूक चलाना मुश्किल था। बच्चा मेरे कन्धे पर था। रामसहाय को जल्दबाजी में हिरनी झाड़ियों में खो गई। सिर्फ एक सर-सर की सी आवाज हुई। बिल्लारी के जंगलों में कुछ देर तक सर-सर की आवाज इधर-उधर घूमती रही। कहीं एक भी हिरन का निशान नहीं

था। इधर-उधर निगाह फिराई, सिर्फ झाऊ और महुआ की झाड़ियां, बहुत दूरी पर एक-दो चने के खेत थे। खेत कट चुके थे। किसी-किसी खेत में इधर-उधर लम्बी-लम्बी घास जम गई थी। दलदल में इधर-उधर बड़े-बड़े शाल के पत्ते और काई के झुण्ड फैले हुए थे। जरा पहले ही झुण्ड के झुण्ड हिरन यहां पानी पीने आए थे, जरा-सी ही देर में पता नहीं कहां गायब हो गए। कहीं उनका निशान तक नहीं था। हवा में उनके स्पर्श की बू तक नहीं थी। कुछ मील जाने पर ही था कदमकुआं। सारे दिन काफी मेहनत रही। सर पर धूप चढ़ गई थी। कीचड़-मिट्टी में होते हुए मैं और राम-सहाय चल रहे थे।

अचानक जैसे पास में फिर आवाज हुई।

रामसहाय ने कहा, "हजूर, फिर वही हिरन।"

ताज्जुब से मुड़कर देखा, सचमुच बात ठीक थी। हिरनी कातर दृष्टियों से मेरी ओर ताक रही थी। मेरे कंधे पर बच्चा था—उसकी ओर भी जैसे अपलक दृष्टि से देख रही थी।

याद है, उस दिन उस हिरनी को निगाहों में जैसे एक जादू था।

रामसहाय ने कहा, "बच्चा मुझे दीजिए। आप बन्दूक सम्हालिए, वह फिर आएगी।"

मैंने रामसहाय के हाथों में बच्चे को दे दिया। उसने उसे कसकर पकड़ लिया।

चारों ओर देखते हम लोग आगे बढ़ने लगे। दलदल पार कर अब हम लोग मैदान में आ गए थे। सारा बदन जैसे झुलसा जा रहा था। थोड़ी देर को छाया में खड़े होते तो जैसे थोड़ी राहत मिलती।

अचानक पास की एक झाड़ी के पास फिर वही आवाज—सर-सर। रामसहाय ने फुसफुसाकर कहा, "हजूर, फिर आई है।"

इतने पास! कोई भी हिरन किसी शिकारी के इतने पास तो कभी भी नहीं आया होगा। लग रहा था, जैसे प्राणों का मोह छोड़कर वह मेरी ओर देखकर कुछ कहना चाह रही थी।

रामसहाय ने कहा, "हजूर, देरी न करिए! मारिए!"

मैंने बन्दूक सम्हाली।

रामसहाय पास ही हिरनी की ओर मुंह किए खड़ा था। हिरनी भी मेरी ओर ताकती खड़ी थी।

रामसहाय ने फिर कहा, "चलाइए, चलाइए! देर न करिए!"

मुझे याद है, उस दिन उस हिरनी पर किसी भी तरह बन्दूक नहीं चला पाया। बारह बोर की बन्दूक अचानक जैसे बड़ी भारी-भारी लग रही थी। आहिस्ता-आहिस्ता बन्दूक नीचे कर ली। लग रहा था—हिरनी की आंखें जैसे भीग आयी थीं। और साथ ही साथ रामसहाय के हाथों से बच्चे को लेकर उसके सामने छोड़ दिया।

रामसहाय कहने लगा, "करते क्या हैं हजूर। आप करते क्या हैं!"

बच्चा तब तक वन में खो गया।

पता नहीं क्यों उस दिन हिरनी के बच्चे को इस तरह छोड़ दिया। सिर्फ इतना-भर याद है कि दिल को बड़ी राहत महसूस हो रही थी। शिकार का नशा भी ज्यादा दिन नहीं रहा। बिलासपुर छोड़ने के साथ ही साथ मेरा शिकार का नशा भी छूट गया। लेकिन वह घटना मुझे आज भी अच्छी तरह याद है। और याद है शायद उस सुरसतिया की वजह से ही···।

तेरह

सुरसतिया ने कहा, "साहब, तुम्हारे लड़के की उमर कितनी होगी?"

मैंने कहा, "जब तुम्हारे बच्चा होगा तब पता लगेगा, मां की गोद से बच्चे को छीन लेने पर उसे कैसा लगता है।"

सुरसतिया खिलखिलाकर हंस पड़ी।

मैंने कहा, "तुम हंस रही हो?"

हंसी की आवाज सुनकर मुरली भी आ खड़ी हुई।

मैंने कहा, "देखा मुरली, अपनी सुरसतिया का हंसना देखा?"

मुरली ने कहा, "बस भी कर मुंहजली! इत्ती हंसी किस बात की? अभी सारी हंसी निकल जाएगी। आज उसकी दिन की ड्यूटी है। मालूम नहीं है क्या?"

मुरली की बात के माने मैं नहीं समझ पाया। शायद कोई मायने रहे होंगे। सुनते ही सुरसतिया जैसे किसी डर से कांप उठी और साथ ही साथ हंसी बंद कर अन्दर भाग गई।

मैंने कहा, "दिन की ड्यूटी की बात सुनकर इस तरह भाग क्यों गई?"

मुरली ने कहा, "मुंहजली की शामत आई है साहब! मुंहजली खुद भी मरेगी, मुझे भी मरवाएगी, तुम देख लेना।"

चौदह

टिल्डा एक अजीब जगह है। राजनंदगांव, हातबंध, डोंगरगढ़ और छत्तीसगढ़, ये सारी जगहें ही अजीब हैं। लोग कहते हैं, मध्य प्रदेश में स्वर्ग नाम की कोई जगह है तो वह है छत्तीसगढ़।

पहली बार जब बिलासपुर आया, स्टेशन पर जनानी कुलियों को देखकर जरा अजीब लगा था। बाजार-हाट में भी कुली औरतें। गोल-मटोल शरीर, गठी देह, और मर्द दुबले-पतले और बदसूरत।

बिलासपुर के डाक्टर सिन्हा ने बतलाया था, "यह यहां की आबोहवा का गुण है साहब, यहां आकर औरतों की सेहत अच्छी हो जाती है और मर्दों की सेहत खराब हो जाती है।"

मैंने पूछा था, "क्यों?"

क्यों का जवाब डॉक्टर सिन्हा नहीं दे पाए थे। मुझे भी उस क्यों का जवाब नहीं मिला। देखा, दिन-भर औरतें वजन ढोती रहती और रात के वक्त रंगीन साड़ियां पहनकर पेट भर शराब पीतीं। कौन जाने कहां से उनके पास इतनी जवानी, इतनी अच्छी सेहत आती है! रायपुर गया हूं, महेन्द्रगढ़ गया हूं, नियत स्थान पर माल भेजता—कभी एक चीज नहीं खोई। बाजार में साइकल रखकर दो-दो घंटे खरीदारी की—किसी ने साइकल को हाथ तक नहीं लगाया। मैंने सोचा—छेदी पटेल का यह ऐश्वर्य, यह दबदबा सब कुछ उसकी बहू की वजह से है। सुबह होते ही उसकी बड़ी बहू काम करना शुरू करती तो जाकर रात में उसे छुट्टी मिलती। छेदी पटेल की सात रोज दिन की ड्यूटी रहती और सात दिन रात

की। सात रोज दिन के वक्त काम और सात रोज रात के वक्त।

रात को छेदी पटेल ने कहा, "अबकी में भी आपके साथ बिलासपुर चलूंगा साहब!"

मैंने कहा, "क्यों, बिलासपुर में तुम्हें क्या काम है?"

छेदी पटेल ने कहा, "सुना है, बिलासपुर में चने का भाव अच्छा जा रहा है।"

मैंने कहा, "तुम चना कहां बेचते हो?"

छेदी पटेल ने कहा, "रायपुर में, लेकिन रायपुर का मारवाड़ी महाजन ठीक पैसे नहीं देता।"

मैंने कहा, "ठीक पैसे क्यों नहीं देता?"

इस पर छेदी पटेल ने खोलकर बतलाया कि महाजन ठीक पैसे क्यों नहीं देता।

उसने कहा, "हम लोग पढ़े-लिखे जो नहीं है साहब! महाजन हमें पहले से बयाने के रुपये देता है, फसल के पहले रुपये देना है, जो फसल कटने पर चुकाना पड़ता है।"

मैंने कहा, "लेकिन तुम रुपये लेते क्यों हो? तुम्हें किस बात की कमी है?"

छेदी पटेल ने कहा, "इस सुरसतिया के लिए। सुरसतिया को आपने नहीं देखा, मेरी छोटी 'डोकी', इसी के लिए···"

मैंने कहा, -'इसके लिए तुमने मारवाड़ी से सौ रुपये लिए थे?"

छेदी पटेल ने कहा, "हां साहब, रुपये की मुझे कोई जरूरत नहीं थी, जरुरत थी सुरसतिया के बाप को।"

मैंने पूछा, "सुरसतिया का बाप कौन है?"

छेदी पटेल ने सुरसतिया के बाप का किस्सा भी सुनाया।

तो सुनिए वही किस्सा :

पंद्रह

राजनंद गांव यहां से सात मील दूर है। छेदी पटेल छठ पर्व का मेला देखने वहां गया था। पीले रंग में रंगे कपड़े पहने सुरसतिया का बाप जेठ रावत भी शनीचरी मेले में आया था। उस दिन मेले के मैदान में बड़ी भीड़ होती है। राजनंद गांव, हातबंध, शिवतालाब और बुधनपुर से झुंड के झुंड लोग यहां आते हैं। केलों की घौद, कौड़ियां और खेती में चावलों से भरे सूपों का पुजापा चढ़ाते हैं। आडपा नदी के किनारे जाकर लाइन की लाइन दीये तैराते हैं। भोर से शुरू हुइ पूजा की भीड़ रात के नौ-दस बजे तक खत्म नहीं होती। इतनी भीड़ कि रास्ता चलना मुश्किल हो जाता। बिलासपुर में भी देखा, रायपुर में भी देखा और डोंगरगढ़ में भी देखा है। मेले में लाइन की लाइन खोमचे वाले वैठते। भुने हुए पापड़ों के स्तूप लग जाते। छत्तीसगढ़ी लड़की और औरतों की भीड़ कम होने का नाम नहीं लेती। बदन से बदन टकराते। बदन टकराने पर खिलखिलाहट और हंसी की फुहारें।

वह उसके बदन पर हाथ रखती, दूसरी उसका हाथ दबाती। उस दिन हंड़ियों में से तेल, सिंदूर और हल्दी निकलती। लकड़ियों की कंघियां और शीशे निकलते। सर में ढेर-सा तेल डालकर जूड़े बनाए जाते। तेल बह-बहकर गालों पर आता। इस गांव के पटेल से उस गांव के पटेल की मुलाकात हो जाती। खबरों का लेन-देन होता।

एक कहता, "तुम्हारे शिवतालाब की क्या खबर है भाई?"

दूसरा कहता, "तुम्हारे बुधनपुर के क्या हाल हैं?"

खबरों के इस लेन-देन में ज्यादा समय नहीं लग पाता था। छत्तीसगढ़ की धूल-भरी आंधी आती, लोगों की आंख नाक में धूल भर जाती। भीड की वजह से नजदीकी आदमी छिटककर दूर जा पहुंचता। हल्दी से रंगे बदनों मे बदन भिड़ते, अपनी औरत परायी औरत हो जाती। जीवन-भर फिर उसका पता नहीं चलता। मां-बाप के साथ आई जवान लड़की मेले में खो जाने के बाद किसके घर पहुंच जाती, इसका कोई पता नहीं चलता। राजनंदगांव की लड़की कदम कुएं पहुंच जाती और कदमकुएं की पहुंच जाती शिवतालाब। उस दिन सेठ लोग अपनी दुकानें लगाते। सोने-चांदी की दुकानों में गहनों की बहारें होतीं। वहां जाकर चूड़ी पहनाने के बाद छत्तीसगढ़ी मर्द-औरतों की नई शादी होती। अपनी पांच बीवियों के साथ कोई मेला देखने आया है, अचानक कोई लड़की पसंद आ गई। उसी वक्त बाप-बेटी के आगे बात पक्की हो जाती—सेठजी की दुकान में जाकर दोनों हाथों में चांदी की चूड़ियां पहना दी जाती—और साथ ही साथ पांच की जगह छः बीवियां हो जाती, जरा-सी देर में। आदमी मेला देखने आया था पांच बहुओं को लिए—घर पहुंचता है छ: को लिए।

मैंने कहा, "हुजूर, मुरली से पूछ लीजिए, मेरी जरा भी मर्जी नहीं थी चूड़ी पहनाने की। बूढ़ा हो चला, अब क्या चूड़ी पहनाना अच्छा लगता है···"

यही बात जेठू रावत ने भी कही थी। राजनंदगांव के जेठू रावत ने।

छेदी पटेल ने कहा, "जेठू रावत की तकदीर अच्छी है, उसकी सात लड़कियां दूध-सी सफेद गोरे रंग की हैं।"

सुरसतिया को देखकर लगता ही नहीं कि वह छत्तीसगढ़ की होगी।

मैंने पूछा, "अच्छा, इतना गोरा रंग कैसे हो गया इसका? जेठू रावत क्या खूब गोरा है?"

छेदी पटेल ने कहा, "राम जाने कैसे इतनी गोरी हो गई। यह मुरली ही मेरे पीछे लग गई। कहने लगी, इसे चूड़ी पहनाओ, तुम्हारे गोरा-चिट्टा लड़का होगा।"

गोरे रंग के लड़के की उसकी साध सुनकर बड़े जोर की हंसी आई। छेदी पटेल भी मेरे साथ हंसने लगा। जितनी हंसी मुझे आ रही थी, छेदी

भी उतना ही हंस रहा था। हंसी की बात भी थी। काले-कलूटे पटेल का लड़का गोरा-चिट्टा, सोचते ही हंसी आना स्वाभाविक है।

छेदी पटेल ने कहा, "उसके बाद हजूर, मैं सेठजी की दुकान गया, सुरसतिया को चूड़ी पहना दी और ले आया कदमकुआं।"

मैं हैरत में था।

मैंने कहा, "लेकिन उसके बाप जेठू रोवत ने कुछ नहीं कहा? बूढ़े को लड़की देने में आपत्ति नहीं की उसने?"

अब हैरत हो रही थी छेदी पटेल को।

उसने कहा, "जेठू रावत आपत्ति क्यों करने लगा? जेठ रावत का कोई नुकसान तो हुआ नहीं—उसका क्या नुकसान हुआ, आप ही बतलाइए?"

"मैंने कहा, "लेकिन इसीलिए अपनी गोरी-चिट्टी लड़की तुम्हारे जैसे बूढ़े को सौंप दी?"

छेदी पटेल हंसने लगा।

उसने कहा, "उसके हाथ में टनाटना पांच कोड़ी रुपये जो रख दिए!"

सेठजी तिजारत का कारोबार करते थे। छत्तीसगढ़ियों का सारा लेन-देन उन्हीं के हाथों होता था। राजनंदगांव की स्टेशनपट्टी पर उनका गेहूं का कारोबार है। रेलगाड़ी में भरकर दूर-दूर तक गेहूं, चावल, ज्वार-बाजरा भेजा जाता। लाई से भरे बैगन शालीमार जाते। तम्बाकू की पत्ती जाती आरमेनियन घाट।

बनवारी सेठ का नाम लेने पर सारे छत्तीसगढ़ के लोग उसे पहचान जाते हैं। विलासपुर हेड आफिस में बनवारी सेठ के आदमी हैं, उनका महीना बंधा है। इस महीने आरमेनियन घाट बीस वैगन जाएंगे, उस महीने तीस। हर वैगन के साथ रेलवे ऑफिस के बड़े बाबू को मिलेंगे सौ रुपये और छोटे बाबू को पचास। और सबसे बड़े डी॰ टी॰ ओ॰ साहब को मिलेंगे पांच सौ रुपये। इसके अलावा डी॰ टी॰ ओ॰ साहब के घर बढ़िया चावल, गाय का निखालिस घी और मैदा वगैरह। बनवारी का इन्तजाम अच्छा है।

मेले वाले दिन यही बनवारी सेठ वहां जाकर अपनी दुकान लगाता कभी राजनंदगांव, कभी शिवतालाब, तो कभी रामटेक में। छत्तीसगढ़ियों के गहने बन्धक रखकर उन्हें रुपये उधार देता। पटेल के गहने बन्धक नहीं रखने पड़ते थे। अंगूठे का निशान ही काफी होता था। उनके खेतों में चना है, अरहर है। उनसे रुपया वसूल करने में ज्यादी मुश्किल नहीं होती। बनवारी के आदमी जाकर फसल की कुर्की करा लेते। और रुपया अदा हो जाता।

बनवारी ने कहा, "तझे क्या चाहिए छेदी पटेल?"

छेदी पटेल, मुरली, जेठू रावत, जेठू की लड़की सुरसतिया, सभी दुकान पर आकर बैठे। चांदी की हंसुली, चांदी के पायजेब, चूड़ियां ऊपर कांच लगे बक्सों में सजी थीं।

बनवारी ने फिर कहा, "किसे चूड़ी पहनाएगा रे छेदी?"

छेदी पटेल ने कहा, "सेठजी, पांच कोड़ी रुपया चाहिए—अंगूठा लगा दूंगा।"

बनवारी भी सुरसतिया की ओर देखने लगा। शायद जांच रहा था किं पांच कोड़ी रुपये देने लायक चीज है या नहीं। दूध-सा गोरा रंग। उम्र यही सोलह के आसपास। पान खा रही थी, साड़ी हल्दी से छपा रखी थी। बालों में तेल लगाकर जूड़ा बनाया हुआ था। छोकरी जैसे छटपटा रही थी। शायद जवानी की छटपटाहट थी।

बनवारी ने नजर घुमा ली। बनवारी ने छत्तीसगढ़ी लड़कियां बहुत-सी देखी थीं। फिर भी उसे लग रहा था कि पांच कोडी में छोकरी सस्ती जा रही है।

बनवारी ने कहा, "पांच कोड़ी रुपये?"

जेठू रावत ने कहा, "पांच कोडी से कम में मैं नहीं छोड़ने का सेठ जी। जरा देखो तो मेरी लड़की की ओर, देखो तो सही!"

कहकर जेठू रावत ने लड़की से कहा, "खड़ी हो; घूमकर खड़ी हो न!"

सुरसतिया घूमना नहीं चाहती थी।

इन लोगों की भी ठलक कम नहीं है। छेदी पटेल ने तो पहले ही

अच्छी तरह से देख लिया था। मेले की भीड़ में बदन से बदन भी छुआ था। मुरली ने भी देख-भालकर पसन्द कर ली थी। बनवारी सेठ ही तो रुपया देने का मालिक था। उसे भी दिखलाना जरूरी था!

जेठू रावत ने कहा, "घूमकर खड़ी हो न सुरसतिया, घुमकर खड़ी हो!"

सुरसतिया अभी तक खिलखिला रही थी। अब झल्ला उठी। बोली, "क्या देखोगे मेरा, देखो न!"

कहकर सुरसतिया सीना तानकर खड़ी हो गई।

छेदी पटेल ने कहा, "लेकिन पांच कोड़ी तो बहुत होते हैं। तुम जरा ज्यादा ले रहे हो भाई! पांच कोड़ी रुपये कम होते हैं?"

जेठू रावत ने कहा, "मेरी बहू नहीं है, एक ही लड़की है—बहू रहती तो शायद एक और लड़की हो जाती—अब और लड़की तो हो नहीं सकती। महाजन का रुपया देना है, इसलिए लड़की को बेच रहा हूं, नहीं तो क्या बेचता इसे?"

लड़की अभी तक खड़ी थी। खड़ी-खड़ी इन लोगों की बात सुन रही थी।

जेठ रावत मोल-भाव देख कर भभक उठा।

उसने कहा, "दिखला तो जरा सुरसतिया! जरा अच्छी तरह घूम-कर दिखला तो!"

सुरसतिया ने मुंह बिचकाकर कहा, "देखा तो इतनी देर! और कितना देखना है?"

जेठू रावत ने कहा, "देखने दे न। तेरा क्या नुकसान है?"

कहकर जेठू रावत ने लड़की का हाथ पकड़कर उसे घूमा दिया।

सुरसतिया घूमकर खड़ी हो गई।

जेठू रावत ने कहा, "देख लो, जरा लड़की की गठन देख लो! पटेल, देख रहे हो न, बाद में मत कहना कि जेठू रावत ने मेले की भीड़ में ठग लिया। अच्छी तरह आंखें फाड़-फाड़कर देख लो। सेठजी, तुम भी गवाह रहोगे।"

सोलह

सचमुच उस दिन सभी गवाह थे। सबको गवाह बनाकर ही छेदी पटेल सुरसतिया को घर ले आया था।

बनवारी ने गिनकर रुपये दिए। पांच कोडी रुपये।

छेदी पटेल ने कहा, "मैंने पांच कोड़ी रुपये गिनकर दिए साहब, जेठ रावत ने गिनकर रुपये अंटी में लगा लिए, तब कहीं जाकर सुरसतिया को छोड़ा।"

मैंने पूछा, "फिर ?"

फूल-सी लड़की न जाने कौन-से राजनंदगांव के चने के खेतों में घुमा करती थी। बारिश के दिनों में कभी-कभी तालाब पर पानी भरने जाकर बादलों को देखकर अनमनी हो जाती। बादलों के पीछे-पीछे उसका मन भागता। इस गांव से उस गांव। उसके बाद रेलवे लाइन पार कर टिल्डा के मिशनरी साहब का बंगला पार कर काफी दूर-दूर तक चली जाती सुरसतिया। जहां बिल्लारी के जंगली सुअर आकर खेत रौंद जाते, हिरनों की टोली चने के खेत चौपट कर जाती—किसी-किसी दिन वहां तक चली जाती।

जेठू रावत पुकारता, "सुरसतिया, ओ सुरसतिया !"

दूर रेलवे-लाइन पर एक मालगाड़ी चली आ रही थी। उसी के साथ भागती-भागती सुरसतिया थककर खड़ी हो जाती। फिर गार्ड की और हाथ का इशारा करके उसे बुलाती।

जेठू रावत कहा करता था, "सुरसतिया के ध्यान में पूरे पांच कोड़ी

रुपये लूंगा।"

उन दिनों सुरसतिया छोटी थी। ब्याह-शादी के बारे में कुछ भी नहीं समझती थी। मिशन का बूढ़ा पादरी गांव-गांव घूमा करता।

पादरी कहता, "जेठू रावत, अपनी लड़की मिशन में दे दो- लिखना-पढ़ना सीख लेगी। तुम्हारी लड़की आदमी बन जाएगी।"

"जेठू रावत कहता, "मेरी लड़की लिख-पढ़कर क्या करेगी, पादरी बनना है?"

पादरी कहता, "अरे आदमी बन जाएगी। लिखने-पढ़ने से लियाकत पाती है, उसे ईसाई बना लेंगे। हमारे 'लॉर्ड' उसके सारे पाप क्षमा कर देंगे।"

जेठू रावत कहता, "पाप कैसा साहब! मेरी लड़की ने क्या पाप किया है? वह तो पाप किसे कहते हैं, यह भी नहीं जानती।"

पादरी डर दिखलाता, "पाप नहीं किया? सब तुम लोग मिट्टी के घरों में क्यों रहते हो? तुम्हें बीमारी क्यों होती है?"

जेठू रावत कहता, "हमें तो बीमारी-वीमारी लगी नहीं है।"

पादरी कहता, "कहते क्या हो, बीमारी नहीं है?"

जेठू रावत कहता, "कौन-सी बीमारी है?"

पादरी कहता, "गर्मी की बीमारी, पारा की बीमारी। तुम लोगों में पाप है, इसी से बीमारियां हैं। अपने पाप को दूर करो, बीमारी भी दूर हो जाएगी।"

जेठू रावत सुरसतिया को पादरी के हाथ में छोड़ने को राजी न हुआ।

शिवतालाब के मोहन ने भी बड़ी खुशामद की थी।

कहा था, "मेरी डोकी मर गई है जेठू, अपनी बिटिया मुझे दे दो, चूड़ी पहनाऊंगा।"

मोहन बेयरे को लड़की देने में जेठू रावत को आपत्ति नहीं थी। शिवतालाब में उसकी अपनी सोंपड़ी है। मेहनती देह है, अच्छो-सी डोकी मिल जाने पर मोहन का घर बस जाता। खेती-बाड़ी में खटकर मोहन रुपये कमा लेता, डोकी को साड़ी ले देता, गहने-जेवर दे देता ओर उसे

सुख से रखता। मोहन बेयरे ने बड़ी-बड़ी आशा दिखलाई।

जेठू ने कहा, "रुपये कितने दोगे, सबसे पहली बात वही है!"

मोहन बेयरे ने कहा, "नगद दो कोड़ी रुपये दूंगा।"

"दो कौड़ी!"

घृणा से जेठू रावत ने आंगन में थूका। फिर कहा, "तुम्हारे दो कौड़ी रुपयों से कुछ नहीं बनेगा मोहन! बुधनपुर का शिव कहार तीन कौड़ी रुपये लेकर आया था, उसी से बात नहीं की।"

मोहन ने कहा, "ठीक है, मैं भी तीन कौड़ी देता हूं, ले लो। सुरसतिया कुछ भा ही ऐसी गई है, इसी से कह रहा हूं, नहीं तो मेरा रुपया क्या इतना सस्ता है, मेरा भी तो मेहनत का रुपया है!"

जेठू रावत ने कह दिया, "तीन कौड़ी खरचने हैं तो शिवतालाब के सुखमोचन के पास जाओ—उसकी कलूटी लड़की है, वही मिलेगी, मेरी सुरसतिया पर नजर मत डालो।"

ये सारी बातें सुरसतिया को याद हैं। छेदी पटेल को भी याद हैं। शिवतालाब, कदमकुआं के सारे लोगों को भी मालूम है। जेठू रावत ने उस दिन अपनी लड़की मोहन बेयरे को नहीं दी। पूरे तीन कौड़ी रुपयों का लोभ भी उसने सहन किया था। उसकी इच्छा थी, कीमत कुछ और बढ़े। चार कौड़ी मिलने पर भी अब लड़की को दे देगा, लेकिन आज पूरे पांच कोड़ी में छेदी पटेल के राजी होते ही उसने उसके हाथ सुरसतिया को सौंप दिया।

सत्रह

राजनंदगांव के मेले में चूड़ी पहनाकर छेदी पटेल जिस दिन पहली बार अपनी नई डोकी को लाया, सारे गांव के लोग देखने आए।

जिन्हें पता नहीं था, उन्होंने पूछा, "लड़की कहां की है?"

मुरली ने कहा, "राजनंद गांव के जेठू रावत की लड़की है।"

उन लोगों ने पूछा, "इसका नाम क्या है री?"

मुरली ने कहा, "सुरसतिया।"

"चूड़ी पहनाने में कितना लगा?"

मुरली ने जवाब दिया, "बनवारी सेठ की दुकान पर बैठकर जेठू रावत ने पूरे पांच कोड़ी गिन लिए। यह देखो, चांदी की चूड़ी पहनाई है, हंसुली है, पैरों में बिछुए और लच्छे, सब दिए हैं।"

डोकी को देखकर सभी खुश थे। सबने हाथ-पैर दबा-दबाकर देखा। बालों को नापा। घुमा-फिराकर देखा। पांच कोड़ी रुपये में चूड़ी पहनाई हई डोकी। छेदी पटेल की डोकी, टिल्डा रेल-गेट के गेटमैन छेदी पटेल की डोकी।

अठारह

सुरसतिया यहां आकर राजनंदगांव की बातें सोचा करती। शिव-तालाब में रेलगाड़ी की बात। छुक-छुक करती रेल ज्वार के खेत के पास से गुजरती थी रेलगाड़ी कितनी जोर से दौड़ती थी! वह उसके साथ दोड़ने की कोशिश करती थी, लेकिन दौड़ नहीं पाती थी। रेलगाडी के पीछे गोरा गार्ड बैठा रहता था। सुरसतिया कभी उसकी ओर देखकर जीभ निकालती, कभी थूक देती। उसके बाद आसमान में बादलों की ओर भी देखा करती। अब उन्हें भी नहीं देख पाएगी।

मुरली उसे तालाब ले गई।

सज्जी मिट्टी से उसके बदन का मैल साफ किया। बालों से जूं निकाल दी।

सुरसतिया तालाब के ठंडे पानी में गला डुबाए बैठी रही। उसकी समझ में कुछ भी नहीं आ रहा था। जेठू रावत की याद आ रही हो, यह बात नहीं थी। जेठू रावत पांच कौड़ी नगद रुपये लेकर अब कितनी कौड़ी में किसे चूड़ी पहनाएगा, कौन जानता है।

हाथ-पांव और मुंह, सब जगह मुरली सज्जी मिट्टी मल रही थी।

मुरली ने कहा, "मरद दिन की ड्यूटी पर है, रात तो घर रहेगा, मालूम है?"

सुरसतिया ने कोई जवाब नहीं दिया।

मुरली ने कहा, "मरद आज तेरी कोठरी में सोएगा, डरना मत, समझी?"

सुरसतिया ने कहा, "फिर मैं तुम्हारे पास सोऊंगी जीजी !"

मुरली ने कहा, "छी-छी, मैं तो बूढ़ी डोकी हूं, मेरे पास क्यों सोने लगा मरद ! तू नई डोकी है, आज मरद तेरे पास सोएगा।"

सुरसतिया ने कहा, "मुझे डर लगेगा जीजी !"

मुरली ने समझाया, "पहले-पहल डर लगेगा, उसके बाद अच्छा लगेगा। मैं खुद तुझे मरद के पास छोड़ आऊंगी, तू चिल्लाने मत लग जाना कहीं।"

उन्नीस

सुरसतिया के आरम्भिक जीवन का यह इतिहास मेरे जानने की बात नहीं है। सुरसतिया की जिन्दगी में इससे पहले कभी नहीं आया। छेदी पटेल को जानता था। छेदी पटेल की एक समस्या के बारे में भी जानता था। बिलासपुर से टिल्डा बदली वाली समस्या। उस समस्या के बारे में ही वह बार-बार कहा करता था, लेकिन ये बातें मैंने बाद में ही रामसहाय से सुनीं।

उस दिन बुरी तरह थका हुआ था। सारे दिन बिल्लारी के जंगलों की दलदल और चिलचिलाती धूप में हिरनों के पीछे-पीछे दौड़ने के बाद बदन में जैसे ताकत ही नहीं रह गई थी।

आंगन में खाट के ऊपर बैठा छेदी पटेल जब अपने सुख-दुःख की कहानी सुना रहा था, मुझे शायद नींद आने लगी थी।

छेदी पटेल ने कहा, "साहब, सो गए क्या?"

मैंने कहा, "आज लगता है, तुम्हारी रात की ड्यूटी नहीं है?"

छेदी पटेल ने कहा, "आज मजे से सोऊंगा साहब—कल सबेरे फिर ड्यूटी पर जाना है।"

"तुम्हारा सुबह का खाना?"

छेदी पटेल ने कहा, "यह मुरली ही गेट पर दे आएगी, सुरसतिया तो जाएगी नहीं।"

"क्यों, सुरसतिया क्यों नहीं जाएगी?"

छेदी पटेल ने कहा, "आप ही देख लीजिए हजूर, यह सुरसतिया जरा

खाना तक नहीं पहुंचा सकती, जबकि इसी के लिए बनवारी सेठ के यहां अंगूठा लगाकर जेठू रावत को पूरे पांच कौड़ी दिए।"

मैंने कहा, "उम्र कम है न, शर्माती होगी। हो सकता है, डरती हो।"

छेदी पटेल ने कहा, "डर न धूल थोड़ी-सी, शर्माती भी नहीं, मुझे मानती नहीं है।"

मैंने कहा, "नहीं, तुम्हारा यह खयाल गलत है। तुम्हें क्यों नहीं मानेगी? तुम्हारी ही तो चूड़ी पहनाई डोकी है।"

छेदी पटेल ने कहा, "हजूर, आप ठहरे बंगाली। आपको छत्तीसगढ़ी चूड़ी पहनाई डोकियों के बारे में क्या पता! आप लोगों की डोकियां आप लोगों का कितना खयाल रखती हैं, कितनी सेवा करती हैं! मैंने पलेटियर साहब की मेम साहब को देखा है।"

पी० डब्ल्यू० आई० साहब की पारिवारिक कहानी सुनने की मेरी इच्छा नहीं थी, इसलिए मैंने इस बात पर ध्यान नहीं दिया। तब तक मुरली का खाना हो गया, सुरसतिया भी खा-पी चुकी थी। कदमकुआं के आसमान में तारे खिल रहे थे। मैं खाट पर चित पड़ा छेदी पटेल की कहानी सुन रहा था।

मैंने कहा, "अब तुम सोने जाओ छेदी पटेल, मुझे नींद आ रही है।"

अभी तक मुझे याद है, मैं अपनी खाट पर गहरी नींद में सो गया था। आज से छेदी पटेल की दिन की ड्यूटी शुरू हुई थी। आज छेदी अपने घर सोया था। फिर मैंने तकिये के नीचे टॉर्च रख ली थी। शिकारी टॉर्ड। सिरहाने बन्दूक खड़ी कर रखी थी।

अचानक एक अजीब आवाज से नींद टूट गई।

थोड़ी-सी आवाज से ही मेरी नींद टूट जाती है। नींद के मामले में मैं बड़ा सजग हूं। डी'कॉस्टा साहब से सीखा था। शिकार के लिए जाने पर गहरी नींद सोना चाहिए।

डी'कॉस्टा साहब कहा करते, 'स्लीप लाइक ए डॉग मिस्टर, डोण्ट स्लीप लाइक ए स्नेक।'

बीस

शिकारी को कहते हैं, कुत्ते की नींद सोना चाहिए, सांप की तरह नहीं। कहते हैं सांप छः महीने बिना खाए-पिए, सिर्फ सोकर गुजार सकता है। वैसे इस बात की सच्चाई के बारे में मुझे कुछ भी नहीं मालूम था, लेकिन जब डी'कास्टा साहब ने कहा है तो गलत नहीं हो सकता।

आवाज जैसे आंगन की ओर से आ रही थी।

क्या हुआ? छेदी पटेल के घर क्या चोर घुस आए?

अभी तक याद है, उस दिन डर न लगा हो, ऐसी बात नहीं है। बेहद डर गया था। अन्धेरे में ही टॉर्च हाथ में सम्हाली, बन्दूक दूसरे हाथ में ली। सब कुछ ठीक जगह पर था।

बाहर जैसे बड़े जोर की बकझक चल रही थी। कोई जैसे किसी को मार रहा था। रोने की दबी-दबी-सी आवाज आ रही थी। मह आंचल से ढक लिया था, जिससे चीख न निकले।

दूसरी आवाज मर्दानी थी।

चोर बदमाश है या गुण्डा! किसी औरत पर अत्याचार हो रहा है। कहीं सुरसतिया तो नहीं है? छेदी पटेल शायद लगातार कई रात की नाइट-ड्यूटी के बाद खर्राटे ले रहा होगा! उसे कुछ पता नहीं होगा शायद।

तब क्या जेठू रावत आया है? हो सकता है, पांच कौड़ी रुपये से उसका मन न भरा हो, और रुपये चाहता हो, सुरसतिया को चोरी-छुपे ले जाने आया हो। एक कौड़ी रुपये और मांगेगा, या हो सकता है, शिव-

तालाब का मोहन बेयरा आया हो। वह तीन कोड़ी रुपये में सुरसतिया को चूड़ी पहनाना चाहता था। रुपये के बूते पर छेदी उसे अपने घर ले आया। रात के अन्धेरे में मौका देखकर मोहन बेयरा आ घुसा है! या हो सकता है, बुधनपुर का शिबू कहार हो, उसे भी सुरसतिया नहीं मिली थी!

ऐसी घटनाएं इससे पहले भी देखी हैं।

बिलासपुर में जिस घर में रहता था, उसके सामने ही छत्तीसगढ़ियों की झोंपड़ी थीं।

अचानक एक दिन दोपहर रात गए शोर सुनकर नींद टूट गई। उस रात कुछ भी पता नहीं लगा। दूसरे दिन सुना, किसी की लड़की को कोई छीन ले जाने आया था, लेकिन पकड़ा गया। छत्तीसगढ़ में यह हुआ ही करता है। इसमें कोई नई बात नहीं है। इसी से पहले तो चुप ही रहा।

तभी लगा, जैसे किसी ने दरवाजे की सांकल खोली।

हो सकता है, सुबह होते ही सुनूं कि सुरसतिया बुधनपुर के शिव कहार के साथ भाग गई, या मोहन बेयरे के साथ, या और किसी के साथ। भगाकर ले जाने वालों की तो कमी नहीं है।

लेकिन अचानक मुरली की आवाज सुनकर चौंक उठा।

मुरली चिल्ला रही थी, "मार डाला रे, सुरसतिया को मार डाला!"

गला फाड़ डालने वाली चीख। लग रहा था, जैसे उस चीख को सुनकर कदमकुएं का आसमान फट पड़ेगा।

उसी बीच दरवाजा खोलकर मैंने टॉर्च की रोशनी फेंकी।

और साथ-ही-साथ एक अजीब घटना हो गई।

देखता हूं, छेदी पटेल हाथ में खपच्ची लिए था और उसके सामने जमीन पर सुरसतिया लोट-पोट हो रही थी। पास ही मुरली मुंह को कपड़े से ढंके रो रही थी।

मेरी टॉर्च की रोशनी पड़ते ही छेदी पटेल ने खपच्ची फेंक दी और दीवार के उस पार कूद गया।

मैं बाहर माया।

आवाज दी, "छेदी !"

थोड़ी देर तक कोई आवाज नहीं। मुरली मुंह पर कपड़ा ढंके उसी तरह हांफ रही थी। वह अब रो नहीं रही थी।

और सुरसतिया जमीन पर लोट रही थी। रोशनी पड़ते ही उठकर अपने कपड़े और बाल ठीक करने लगी।

मैं थोड़ी देर बिना कुछ बोले खड़ा रहा, जैसे उन लोगों के घरेलू मामलों के बीच आकर खुद ही लज्जित हो रहा था। शायद उनके घर के निजी मामलों में मेरी उपस्थिति बिलकुल फिजूल थी। अपने-आप पर लज्जित होता कुछ देर खड़ा रहा। उसके बाद धीरे-धीरे कोठरी मे आकर फिर से अपनी खाट पर बैठ गया।

फिर आवाज दी, "छेदी पटेल !"

क्षण-भर में पूरी आबोहवा जैसे स्तब्ध हो गई। अगर कुछ भी नहीं हआ था तो छेदी पटेल के हाथ में खपच्ची क्यों थी ? और सुरसतिया ही क्यों इस तरह जमीन पर लोट-पोट हो रही थी ? उसके कपड़े वगैरह क्यों ठीक नहीं थे ? उसका जूड़ा क्यों खुल गया था ? और मुरली ही इस तरह क्यों चिल्ला रही थी ? इस सबके माने क्या हैं ?

छेदी पटेल काफी देर बाद धीरे-धीरे मेरी कोठरी में आया।

मैं उस बूढ़े की ओर देखता रहा।

फिर कहा, "लालटेन ले आओ।"

छेदी पटेल लालटेन लिए मेरे आगे आकर खड़ा हुआ।

मैंने कहा, "बठो।"

छेदी पटेल बैठा।

मैंने पूछा, "तुम सुरसतिया को मार रहे थे ?"

छेदी पटेल ने इस बात का कोई जवाब नहीं दिया। वह नजर नीची किए बैठा रहा। लग रहा था, उसकी आंखों से पानी गिर रहा था।

मैंने फिर पूछा, "क्यों, तुम सुरसतिया को क्यों मार रहे थे ?"

छेदी पटेल अचानक बड़े जोर-जोर से सुबकने लगा।

बोला, "हजूर मेरे माई-बाप हैं। मेरा कोई कसूर नहीं है। मेरा दोष नहीं है। हजूर, मुझे क्षमा करें, मैं पागल नहीं हुआ, मैंने होश नहीं खोया

है। जो कुछ किया, समझ-बूझकर किया। हजूर, मेरा दोष क्षमा कर दें।"

मैंने कहा, "सुरसतिया ने जो भी कसूर किया हो, इसके लिए तुम उसे मारोगे? औरत जात के ऊपर हाथ उठाओगे? तुम्हारी इतनी हिम्मत?"

मेरी डांट खाकर छेदी पटेल चुप लगा गया।

मैंने फिर कहा, "खबर है, औरत जात के ऊपर हाथ उठाना जुर्म है? तुम्हारी डोकी है, इसलिए तुम उसे मार नहीं सकते! इसके अलावा तुम उसे लकड़ी से पीट रहे थे। जानते हो, टिल्डा के पुलिस सुपरिटेंडेंट को बुलाकर अभी तुम्हें गिरफ्तार करा सकता हूं।"

छेदी पटेल ने मेरे दोनों पांव पकड़ लिए।

गिड़गिड़ाने लगा, "हजूर माई-बाप हैं, मेरा दोष क्षमा कर दीजिए, फिर कभी नहीं ऐसा करूंगा, आपके पांव छूकर कह रहा हूं हजूर!"

मैंने कहा, "लेकिन आखिर मार क्यों रहे थे? रात के इस वक्त उसे क्यों मार रहे थे?"

छेदी पटेल ने कहा, "आपसे अब क्या कहूं हजूर, कहने लायक मुंह नहीं रहा मेरा। मुझे शर्म आ रही है।"

"क्यों? शर्म की क्या बात है, कहो न? सुरसतिया तुम्हारा कहना नहीं मानती?"

छेदी पटेल ने कहा, "नहीं हजूर, यह बात नहीं है।"

मैंने कहा, "तब क्या वह तुम्हारे घर का काम नहीं करना चाहती?"

छेदी पटेल ने कहा, "नहीं हजूर, यह बात भी नहीं है। वह तो नई डोकी है, सारा काम मुरली ही करती है, उससे तो किसी काम के लिए नहीं कहते, उसे काम करने की जरूरत ही नहीं पड़ती।"

मैंने कहा, "फिर? फिर उसने क्या किया है? उसे किसलिए मार रहे थे?"

छेदी पटेल जैसे कुछ कहना चाह रहा था, लेकिन कह नहीं पा रहा था। नाखून से जमीन कुरेदता रहा। उसके बाद वह चेहरा उठाकर बोला, "आप तो जानते हैं हजूर, सुरसतिया मेरी डोकी है। है कि नहीं?"

मैंने कहा, "हां, मुझे पता है, सुरसतिया तुम्हारी चूड़ी पहनाई डोकी है। रामसहाय ने मुझे सब बतलाया है।"

छेदी पटेल ने कहा, "मैंने पांच कौड़ी देकर चूड़ी पहनाई थी या नहीं ?"

मैंने कहा, "रामसहाय ने यह भी बतलाया था, राजनन्दगांव के जेठू रावत के हाथ पांच कौड़ी रुपये दिए तुमने, बनवारी सेठ से उधार लेकर।"

छेदी पटेल ने कहा, "आप तो सभी जानते हैं हजूर—आप मेरे माई-बाप हैं। मैं और क्या कहूं, छठ पर्व के मेले में पांच कौड़ी रुपये गिनकर सुरसतिया को चूड़ी पहनाई मैंने—रामसहाय भी जानता है, मुरली भी जानती है, सेठ बनवारी जानता है—और भी बहुत-से लोगों को मालूम है, इसमें छुपाने जैसा कुछ भी नहीं है, लेकिन..." छेदी पटेल जैसे कुछ कहते-कहते रुक गया था।

मैंने कहा, "लेकिन क्या—कहो न ?"

छेदी पटेल ने कहा, "लेकिन हजूर, सुरसतिया एक दिन के लिए भी मेरे पास नहीं सोई।"

मैं स्तम्भित रह गया।

"सुरसतिया को इस घर में आए आठ महीने हो गए," छेदी पटेल कहने लगा, "आठ महीने में एक दिन भी, एक मिनट भी मेरे पास नहीं सोई हजूर, मेरी डोकी, मेरी अपनी डोकी। चूड़ी पहनाई डोकी अपने मर्द के पास नहीं सोती, कभी ऐसी बात सुनी है साहब ?"

मैंने पूछा, "क्यों, सोती क्यों नहीं ?"

मेरी बात से सहानुभूति पाकर छेदी पटेल ने कहा, "आप ही बतलाइए, हजूर, डोके के पास डोकी नहीं सोएगी, यह कैसी बात हुई ?"

मैंने कहा, "लेकिन सोती क्यों नहीं, तुमने पूछा है उससे ?"

छेदी पटेल ने कहा, "वह शैतान क्या मुझे बतलाएगी हजूर ? मुझसे बात ही नहीं करती। आठ महीने हो गए चूड़ो पहनाए, इन आठ महीनों में एक दिन भी बात नहीं की। मुझे तो जैसे देख ही नहीं सकती हजूर !"

मैंने कहा, "लेकिन आखिर देख क्यों नहीं सकती ?"

छेदी पटेल ने कहा, "यह मैं कैसे कह सकता हूं हजूर कि क्यों नहीं देख सकती ? मुरली ने कितना समझाया है उसे, जिस दिन उसे पहली बार लाया हजूर, मुरली ने उसे तालाब ले जाकर नहलाकर, सजाकर मेरे पास 'पहुंचाने का इन्तजाम किया था, लेकिन वह किसी भी तरह नहीं आई।"

इक्कीस

मुझे बड़ा अजीब-सा लग रहा था। पहले ही दिन से सुरसतिया अपने आदमी के पास नहीं सोती, यह कैसी बात हुई!

छेदी पटेल कहने लगा, "हजू र, मैंने शुरू-शुरू में सोचा कि डोकी अभी छोटी है, इसलिए शायद पास सोने से डरती है। बाद में मुरली ने कहा कि वह भी सोएगी, मैं बीच और वे दोनों अगल-बगल, एक ओर मुरली और दूसरी और सुरसतिया। लेकिन हजूर, वह किसी भी तरह नहीं आई। मुरली बिचारी की नोंच-खसोटकर आफत ला दी।

मैंने पूछा, "फिर?"

छेदी पटेल ने कहा, "फिर क्या करता हजुर! सोच लिया, मेरे पांच कोड़ी रुपये पानी में गए, लेकिन तब भी मैंने उम्मीद नहीं छोड़ी है हज़ूर!"

बाईस

छेदी पटेल बेचारा मन-ही-मन बड़ा दुःखी था। दुःखी होने की बात भी थी। बहुत दुःखी हो गया था। नई डोकी को घर लाया था। एक पूरा बकरा काटा। आस-पास वाले जीमने आए। कदमकुआं में जान-पहचान के हैं दो-चार घर। तालाब पर नहला-धुलाकर मुरली ने सुरसतिया को सजा दिया था।

सुरसतिया ने कहा था, "मुझे तो डर लग रहा है जीजी !"

उस दिन टिल्डा मिशन की मेम डॉक्टर आई थी। मेम डॉक्टर न पूछा था, "मुरली, यह तुम्हारी कौन है ?"

मुरली ने कहा था, "यह मेरे मरद की नई डोकी है। मेरे मरद ने इसे चूड़ी पहनाई है।"

तब तक मुरली ने सुरसतिया को सजा-संवार दिया था। मेम डॉक्टर ने सुरसतिया की ओर अच्छी तरह देखा। ऊपर से नीचे तक। गोरा-चिट्टा रंग।

मेम डॉक्टर काफी पुरानी थी। छत्तीसगढ़ियों के बीच अरसे से काम कर रही थी। इन लोगों को सभ्य बनना सिखाती है, आदमी बनना सिखला रही है, लिखना-पढ़ना सिखला रही है। दवा देती है, इलाज करती है। राजनन्दगांव में भी ऐसी मेम डॉक्टर थी। पावरी साहब ने जेठू रावत से कहा था–अपनी सुरसतिया को दे दो न—हम तुम्हारी लड़की को लिखना—पढ़ना सिखलाएंगे।

उस दिन जेठू रावत ने सुरसतिया को नहीं छोड़ा। रुपये के लालच

में नहीं छोड़ा।

उसकी इच्छा थी, इन रुपयों से वह किसी और को चूड़ी पहनाएगा।

सुरसतिया को आज वे सब बातें याद नहीं थीं। वह बूड़ा पादरी, राजनन्दगांव और उसकी अल्हड़ जवानी। वे दिन अच्छे थे।

मेम डॉक्टर ने कहा, "जरा इधर तो आओ, देखूं। इधर आओ।"

सुरसतिया को एक ओर ले जाकर मेम ने न जाने क्या कहा।

मुरली ने पूछा, "मेम डॉक्टर ने तुझसे क्या कहा री?"

रात के अन्धेरे में सुरसतिया की शक्ल ठीक से दिकाई नहीं दी। एक-एक कर सभी चले गए। किसी ने गोश्त खाया, किसी ने महुआ चढ़ाई। रामसहाय भी आया था। मुझे यह किस्सा उसी ने सुनाया था।

मैंने कहा, "इसके बाद तुम चले आए?"

रामसहाय ने बताया था, "हजूर, छेदी पटेल ने उस रोज खूब चढ़ाई थी। नई डोकी आयी है, रात को एक साथ एक खाट पर सोएगा, शराब नहीं पिएगा?"

मैंने कहा, "उसके बाद?"

उसके बाद की रात रामसहाय नहीं जानता, लेकिन मैं कल्पना कर सकता हूं।

छेदी पटेल जाकर बिस्तरे पर लेटता है।

मुरली ने सुरसतिया से कहा, "चल, भीतर चल।"

सुरसतिया ने कहा, "नहीं, मैं भीतर नहीं जाती।"

"जाएगी क्यों नही?"

"नहीं, मैं नहीं जाती। तुम्हें बहुत पडीं है तो तुम जाकर सो रहो उसके साथ।"

बाद में खींचातानी। सुरसतिया किसी भी तरह नहीं जाएगी।

मुरली भी नहीं छोड़ेगी। सुरसतिया भी नहीं जाएगी।

मुरली ने कहा, "तू बहुत सर चढ़ रही है। तू बात नहीं सुनेगी?"

सुरसतिया ने कहा, "नहीं सुनती, तुझे क्या?"

"तेरे बाप ने पांच कौड़ी रुपये लिए। ऐसे ही सोने को कह रही हूं?"

सुरसतिया ने कहा, "पांच कौड़ी रुपये लिए हैं मेरे बाप ने, उससे

मुझे क्या ?"

"तू और तेरा बाप क्या अलग-अलग हैं ?"

सुरसतिया ने कहा, "मेरे बाप ने रुपये लिए हैं तो उसके लिए मैं क्यों भोगने लगी ?"

"तो नहीं सुनेगी तू ?"

तब मुरली के बदन में भी दम था। घसीटकर सुरसतिया को अन्दर ले जाने लगी, लेकिन तभी चीख उठी, "अरी मैया री, मुझे काट खाया— मार डाला रे !"

तेईस

सिर्फ उस पहले दिन ही नहीं, इसी तरह सप्ताह में बार-बार छेदी पटेल की डे-ड्यूटी पड़ती और सुरसतिया की धुकधुकाहट बढ़ जाती। नाइट-ड्यूटी से लौटकर छेदी पटेल सारे दिन सोता। दोपहर बाद उठकर जलपान करता, चाय पीता, बीढ़ी पीता। उसके बाद खेतों में चला जाता। अपने पैसे की खेती की है। चना, मक्का, सरसों—सब कुछ होता है उसके यहां। महाजन है। सेठ बनवारी है। सूद, रेहन और बन्धकी का कारोबार है।

इतना काम, इतना बड़ा कारोबार, सब खुद को देखना पड़ता है। छेदी पटेल के पास और कोई आदमी नहीं है, जो उसके काम में मदद कर सके। इसके बाद घूम-घामकर वापस आता।

कहता, "अरी मुरली, रोटी ला।"

मुरली रोटी देती। रोटी खाने के बाद छेदी पटेल गुड़ खाता और भैंस का दूध पीता। सरकारी नौकरी है, घर की खेती है, फिर क्यों न पिएगा? क्यों नहीं लूटेगा सुख का मजा?

रात को सोते समय कहता, "मुरली, सुरसतिया को बुला।"

मुरली कहती, "सुरसतिया आ, सोने चल।"

सुरसतिया कहती, "मैं नहीं जाती।"

फिर वही सब। वही खींचातानी, गाली-गलौच, तमाशा!

सब सुनकर मैंने कहा, "अगर वह तुम्हारे साथ नहीं सोना चाहती तो क्यों फिजूल में उसे तंग करते हो छेदी?"

छेदी पटेल ने कहा, "कोशिश क्या ऐसे ही करता हूं! कोशिश के अलावा बोर कर भी क्या सकता हूं हजूर?"

मैंने कहा, "न हो तो एक और डोकी ले आओ। एक लड़की देखकर चूड़ी पहना लो।"

छेदी पटेल ने कहा, "लेकिन हजूर, वह आखिर सोएगी क्यों नहीं, आप ही बतलाइए?"

मैंने कहा, "लेकित तुम ही इतनी जिद क्यों करते हो? बूढ़े हो चले हो, दो दिन बाद तो ऊपर चले जाओगे।"

छेदी पटेल ने कहा, "हजूर, इसीलिए तो इतनी जोर-जवर्दस्ती करता हूं। मैं तो बूढ़ा हो चला, दो दिन बाद मर जाऊंगा, तब? तब कोन खाएगा यह सब? कौन इस सबको रखेगा? मेरे तो एक लड़का भी नहीं है!"

कहकर छेदी पटेल बड़ी मायूसी से थोड़ी देर तक मेरी ओर देखने लगा।

मैं भी कुछ नहीं कह पा रहा था।

जरा देर बाद ही छेदी पटेल फिर कहने लगा, "आप ही बतलाइए हजूर, मेरे क्या बाल-बच्चा है? यह जो चालीस बीघे की खेती है, मेरे चले जाने के बाद इसे कौन देखेगा, इसे कौन खाएगा, किसके लिए किया है यह सब?"

मैंने कहा, "तुमने सुरसतिया को यह सब बात बतलाई?"

छेदी पटेल ने कहा, "बतलाई नहीं हजूर, आप कह क्या रहे हैं? मैंने सब कहा है। सुरसतिया को मैंने कितना समझाया है, कितना कहा है कि तू सिर्फ एक लड़का दे दे, मुझे और कुछ भी नहीं चाहिए। फिर कभी भी अपने पास सोने के लिए नहीं कहूंगा मुझ से।"

मैंने कहा, "सुनकर उसने क्या कहा?"।

छेदी पटेल ने कहा, "सुनकर कहेगी क्या, मेरी बात सुनती ही नहीं है। मैं इस ओर जाता हूं तो वह उस ओर जाती है।"

मैंने कहा, "मुरली से क्यों नहीं कहलाते?"

छेदी पटेल ने कहा, "आप सोचते हैं, मैंने मुरली से नहीं कहलवाया? मुरली ने क्या उसे कम समझाया है? कितना समझाया है, कितनी तरह

कहा उसले—मुरली मेरी बहुत अच्छी डोकी है हजूर! उसने बार-बार कहा, 'देख सुरसतिया, हम दोनों औरतें हैं, हमारा मरद बूढ़ा हो चला है, तेरे एक लड़का हो जाए तो तुझे कोई मुश्किल नहीं होगी—एक लड़का होने के बाद मरद भी फिर कुछ नहीं कहेगा, जो जी में आए, करना, लेकिन वह क्यों सुनने लगी!"

मैं क्या कहता! मेरे पास कहने को कुछ भी नहीं था।

फिर भी कहा, "सुरसतिया को देखने से तो ऐसा नहीं लगता—वह इतनी नासमझ तो नहीं लगती छेदी पटेल!"

छेदी पटेल ने कहा, "नासमझ क्यों होने लगी हजूर, वह तो ज्यादा समझदार है। मुसीबत तो यही है, इतनी समझदार न होने पर ही शायद अच्छा होता। एक मुरली भी तो है। घर का सारा काम वही करती है, कभी एक शब्द भी सुना मुरली के मुंह से!"।

मैंने कहा, "तुम अब जाओ छेदी, रात काफी हो गई है। मैं सुरसतिया को बुलाकर समझाने की कोशिश कर देखता हूं।"

इतनी देर बाद जैसे छेदी पटेल के चेहरे पर हंसी फूटी।

वह बोला, "जरा समझाकर कहिएगा साहब, मुरली तो समझा-समझा-कर थक गई—आपके समझाने से शायद मान जाए! कहिएगा कि एक लड़के के अलावा मुझे कुछ भी नहीं चाहिए—उसके बिना मेरी सारी सम्पत्ति बेकार हो जाएगी।"

मैंने कहा, "तुम जरा भी फिकर मत करो, मैं उसे समझाऊंगा—तुम अब जाओ, सुबह फिर ड्यूटी पर जाना पड़ेगा। थोड़ी देर जाकर सो लो।"

छेदी पटेल चला गया।

सचमुच रात काफी हो चुकी थी। शिवतालाब की ओर का आसमान फीका-फीका नजर आ रहा था। बिल्लारी के जंगलों की ओर का आसमान काला-काला हो गया था। आज अब मुझे नींद नहीं आएगी।

सुरसतिया मेरी कोठरी में आई।

मैंने उसकी ओर देखा। वह जैसे अब तक रो रही थी।

मैंने कहा, "बैठो।"

ठीक जहां पर छेदी बैठा था, उसी चौखट के ऊपर सुरसतिया बैठ गई।

उसने कहा, "मुझे बुलाया था साहब?"

मैंने कहा, "हां।"

लेकिन जब बोलना शुरू किया तो मुंह से कोई बात ही नहीं निकल रही थी। किस तरह बात शुरू करूं? क्या कहूं? औरत अपने आदमी के साथ नहीं सोना चाहती तो उसके लिए मैं क्या कर सकता हूं? इसके अलावा वह मेरी सुनने ही क्यों लगी? मैं उसका कौन हैं?

मुझे कुछ न बोलते देख सुरसतिया ने खुद ही कहा, "मैंने तुम लोगों की सारी बातें सुनी हैं साहब!"

मैंने कहा, "तब तो अच्छा ही हुआ। तुम अपने आदमी के साथ क्यों नहीं सोती?"

"सुरसतिया ने कहा, "नहीं साहब, मैं उसके साथ नहीं सो पाऊंगी।"

"क्यों? तुम्हें आपत्ति किस बात की है?"

मुझे सचमुच गुस्सा आ गया था।

मैंने कहा, "छेदी की इतनी सम्पत्ति कौन खाएगा, जरा सोचो? तुम दो हो, दोनों ही औरत, छेदी बेचारा रेल की नौकरी करे या खेती देखे? अगर एक लड़का होता तो उसे किसी बात की जरूरत नहीं थी। मुरली के हो या तुम्हारे, एक लड़का होना तो जरूरी है।"

मेरी बात पूरी होने से पहले ही सुरसतिया ने कहा, "साहब उसके लड़का नहीं होगा।"

"नहीं होगा?"

सुरसतिया ने कहा, "नहीं, मुरली के लड़का नहीं होगा, और मैं उसके पास सोऊं तो भी मेरे लड़का नहीं होगा, यह आपसे कहे देती है।"

मैंने कहा, "क्यों? लड़का क्यों नहीं होगा?"

सुरसतिया ने कहा, "मुझ से मेम डॉक्टर ने कहा।"

"कहां की मेम डॉक्टर?"

सुरसतिया ने कहा, "टिल्डा मिशन की मेम डॉक्टर ने। जिस दिन मैं चूड़ी पहनने के बाद इस घर में आई थी, उस छठ-पर्व वाले दिन ही मेम

डॉक्टर आई थी। मुझे एक ओर ले जाकर उसने कहा—मुरली की तरह तेरे भी बच्चा नहीं होगा।'

मैं हैरान था।

मैंने कहा, "क्यों? अगर मुरली के बच्चा नहीं होता है तो तुम्हारे क्यों नहीं होगा?"

सुरसतिया ने कहा, "हां साहब, जिस लिए मुरली के नहीं हुआ, उसी लिए मेरे भी नहीं होगा।"

"किसलिए नहीं होगा?"

सुरसतिया ने कहा, "साहब, छेदी पटेल को 'पारा' रोग है।"

"पारा रोग!" मैंने कहा, "तुम्हें कैसे पता चला?"

सुरसतिया ने कहा, "मुझे मेम डॉक्टर ने बतलाया साहब! मैम डॉक्टर मुझसे झूठ क्यों बोलने लगी! इसके अलावा···"

कहकर सुरसतिया रुक गई।

मैंने कहा, "इसके अलावा क्या?"

सुरसतिया कहने लगी, "इसके अलावा साहब, मैंने अपनी आंखों जो देखा है, मुरली बेचारी को कितनी तकलीफ है, आपको कैसे बतलाऊं! जब कभी दर्द उठता है तो बेचारी मछली की तरह तड़पती है। तुम्हें उसका अन्दाज कैसे हो सकता है साहब, तुम तो यहां रहते नहीं हो!"

मैंने कहा, "दर्द तो और किसी वजह से भी हो सकता—शायद और कोई बीमारी हो।"

सुरसतिया ने कहा, "लेकिन तब मुरली के बच्चे होते ही मर क्यों जाते हैं? मेम डॉक्टर के आकर दवा देने पर दर्द कम क्यों होता है? मैं जैसे कुछ भी नहीं समझती?"

मेरी बात भी जैसे खत्म हो गई थी।

फिर भी कहा, "लेकिन इस तरह क्या घर में अशान्ति नहीं होती? बाल-बच्चों के बिना क्या घर में अच्छा लगता है? तुम्हारा दिल भी तो वह सब चाहता होगा।"

सुरसतिया ने कहा, "नहीं साहब, मेरा दिल वह सब नहीं चाहता। मैं अब यहां पर नहीं रहूंगी।"

सुरसतिया की बात खत्म नहीं हो पाई। अचानक छेदी पटेल आ गया।

आकर चिल्लाने लगा, "यहां नहीं रहेगी तो कहां जाएगी, जरा में भी तो सुनूं?"

सुरसतिया बैठी हुई थी। छेदी पटेल की बात सुनकर जाने लगी।

साथ-ही-साथ छेदी पटेल ने उसका हाथ पकड़कर उसे रोक लिया।

कहने लगा, "कह, हजूर के सामने कह, कहां जाएगी? साहब साक्षी है।"

सुरसतिया ने कुछ नहीं कहा। सारी ताकत लगाकर हाथ छुड़ाने की कोशिश करने लगी।

मैंने कहा, "छेदी पटेल, उसका हाथ छोड़ दो।"

मेरे कहने से छेदी ने उसका हाथ छोड़ दिया।

मैंने कहा, "सुनो सुरसतिया, तुम कहीं भी मत जाना, मैं छेदी पटेल को समझाकर तुमसे जो कहना है, कहूंगा।"

सुरसतिया चली गई।

छेदी पटेल से मैंने कहा, "तुम्हें पारा रोग है, मुझे तो नहीं बतलाया तुमने?"

छेदी पटेल फिर उसी पुरानी जगह बैठ गया।

बोला, "रोग है तो मुझे है, उसे क्या?"

मैंने कहा, "इसीलिए तुम्हारे बच्चा नहीं होता।"

छेदी पटेल हंसने लगा।

फिर बोला, "आप भी कैसी बात करते हैं साहब! यह रोग यहां किसे नहीं है? इस कदमकुएं में घर-घर में यह रोग फैला है। शिबू कहार को है; विशु रावत को है, राजनन्दगांव के जेठू रावत को भी है। उन लोगों के बाल-बच्चे नहीं हैं? तब सुरसतियां खुद कसे पैदा हुई?"

छेदी पटेल से इस बारे में ज्यादा बात करना बेकार लगा। इंसान से कौन, कब और किस स्तर पर उससे दुश्मनी रच रहा है, मैं इसी बारे में सोचने लगा। ऐसा हो सकता है, मैंने तो नहीं सोचा। छेदी पटेल, कदम-कुआँ गांव का नामी आदमी, उसीका यह हाल!

छेदी पटेल फिर कहने लगा, "मेरे बाप को भी यह रोग पा हजूर, मुझसे पहले कई भाई मर गए, में कैसे बच गया? मैं तो जिन्दा हूं, अभी तक जिन्दा हूं।"

कहकर वह मेरी ओर देखने लगा।

फिर बोला, "आपको अगर मेरी बात का यकीन न आए तो साहब, मेरे साथ आओ—कदमकुआं, शिवतालाब, राजनन्दगांव—हर जगह, हर किसी को यह रोग है—इससे क्या हुआ? इसीलिए क्या एक भी बच्चा नहीं जिएगा? एक तो बच सकता है! अगर मुरली का नहीं बचा तो सुरसतिया का तो बच सकता है—सुरसतिया के बच्चे क्यों नहीं बचेंगे, आप ही बतलाओ साहब?"

चौबीस

अभी तक याद है, उसी रात जी न जाने कैसा रहा। यह मैं कहां आ फंसा? यहां क्यों पाया? आखिर मैं यहां पर आया ही क्यों?

झुंझलाकर मैंने कह दिया, "अब तुम जाओ छेदी पटेल, सुबह तुम्हें भी ड्यूटी पर जाना है, मैं भी चला जाऊंगा। अब थोड़ी देर सोऊंगा। तुम भी जाकर आराम करो।"

छेदी पटेल शायद जाना नहीं चाहता था।

उसने कहा, "आप इस झगड़े का कोई फैसला कर जाओ साहब! आप जो भी कहोगे, मुझे मंजूर होग।"

इतना कहकर छेदी पटेल चला गया।

लेकिन नींद क्यों आने लगी?

सोच रहा था, छेदी पटेल के चले जाने पर आखिरी बार सोने की कोशिश करूंगा।

रात काफी हो गई थी। कदमकुआं गांव में नई फसल जम रही थी, कली फूट रही थी।

दरवाजा अन्दर से बन्द कर लिया था।

अचानक दरवाजे पर खटखट की आवाज हुई।

खोलने पर देखता हूं—सुरसतिया।

मैंने कहा, "अब क्या बात है?"

सुरसतिया थोड़ी देर चुपचाप खड़ी रही, जैसे कुछ कहना चाह रही थी।

मैंने कहा, "कुछ कहना है?"

सुरसतिया ने कहा, "मैं अपने मरद के साथ कभी भी नहीं साऊंगी, तुम सोने को मत कहना।"

मैंने कहा, "मैं सोने को कहूंगा, यह तुमसे किसने कहा?"

सुरसतिया ने कहा, "नहीं, मैं कहे देती हूं, मैं तुम्हारी बात टाल नहीं पाऊंगी। इसीलिए कह रही हूं, तुम सोने के लिए न कहना।"

मैंने कहा, "यह तो एक बीमारी है, बीमारी ठीक होने पर तुम्हें सोने में क्या आपत्ति है?"

सुरसतिया ने कहा, "उसकी यह बीमारी कभी भी ठीक न होगी।"

मैंने कहा, "कैसे ठीक नहीं होगी? आजकल कितनी ही दवाएं निकल गई हैं, डॉक्टर का इलाज कराने पर सब ठीक हो जाएगा।"

सुरसतिया ने कहा, "तब साहब, एक बात है।"

मैंने कहा, "कहो, क्या कहना है?"

सुरससतिया ने कहा, "साहब, तुम जिस दिन आकर कहोगे कि उसकी बीमारी ठीक हो गई हैं, उसी दिन मैं उसके साथ सोऊंगी, उससे पहले नहीं।"

मैंने कहा, "ठीक है—अब तुम जाओ, मुझे नींद आ रही है।"

भगवान के दरबार में बहुत-से लोग अर्जी पेश करते हैं, भगवान हर किसी की अर्जी देखते हैं या नहीं, कोई नहीं जानता। लेकिन अगर सुनते होते तो एक अर्जी मैं भी पेश करता। सिर्फ एक अर्जी!

सिर्फ कहता, छेदी पटेल को तुम बच्चा देते हो, दो, मुझे कोई आपत्ति नहीं है—लेकिन बेचारी सुरसतिया को इस तरह तकलीफ न दो भगवान।

तकलीफ?

तकलीफ की बात कदमकुआं में कोई नहीं जानता। छेदी पटेल भी नहीं जानता, लेकिन जानता है सिर्फ एक आदमी। वह है देवकीनन्दन। देवकीनन्दन झा। शिवकिशन की रामलीला-मण्डली में जो लक्ष्मण का पार्ट करता है।

देवकीनन्दन को मैंने देखा नहीं। सिर्फ सुरसतिया से उसका नाम सुना है। और उसी सुररसतिया का एक और रूप भी बाद में देखा।

उस रोज बड़े जोर की बारिश हुई थी। पानी जैसे फटा पड़ रहा था। मूसलाधार बारिश में जैसे सब कुछ बह जाएगा। रंगी चटकीली साड़ी, कान में बेले की कली और आंखों पर सन-ग्लास।

चेहरा भी कुछ और था। सुरसतिया पहचान में ही नहीं आ रही थी।

मैंने कहा, "सन-ग्लास कब से? किसने खरीद दिया?"

सुरसतिया जैसे मेरी बात सुन ही नहीं पाई। वह सारे घर में जैसे चहकती फिर रही थी। अपने किसी आनन्द में मन-ही-मन खुश हो रही थी। बम्बइया सिनेमा का कोई गाना गुनगुना रही थी।

मैंने फिर कहा, "तुम्हें सन-ग्लास किसने दिया?"

सुरसतिया ने कहा, "देवकीनन्दन ने।"

देवकीनन्दन! सुनते ही पहचानने लायक मशहूर नाम नहीं था।

मैंने कहा, "देवकीनन्दन कौन?"

उस बात का जवाब दिए बगैर सुरसतिया ने कहा, "देवकीनन्दन कार पर आया था साहब, मैंने उसे खिलाया था—इसी कोठरी में बैठकर खा गया है वह, इसी खटिया पर सोया था।"

मैंने कहा, "वह कौन है? तुम्हारा क्या लगता है?"

सुरसतिया ने कहा, "साहब, देवकीनन्दन को तुम पहचान नहीं पाओगे, वह लछमन है।"

"लछमन?"

सुरसतिया ने कहा, "हां, साहब, कदमकुएं में तीन रात गाने के लिए आया था शिवकिशन के साथ। देवकीनन्दन तो रामलीला की मण्डली में लक्षमन बनता है।"

मैं हैरत से उसकी ओर देख रहा था।

सुरसतिया ने कहा, "देवकीनन्दन मुझे यह चश्मा दे गया है।"

सुरसतिया आंखों पर चश्मा चढ़ाए मेरी ओर देखती खड़ी रही। काले कांच के अन्दर का कुछ भी नहीं देख पा रहा था। शायद मुझसे कुछ तारीफ सुनना चाहती थी।

सुरसतिया ने जैसे मुझे चौंका देने के लिए कहा, "साहब, जानते हो,

देवकीनन्दन बम्बई जाएगा।"

"बम्बई ?" मैंने कहा, "बम्बई जाएगा देवकीनन्दन ?"

सुरसतिया ने कहा, "हां साहब, सच में जाएगा।"

मैंने कहा, "क्यों ? रामलीला करने ?"

सुरसतिया ने कहा, "अरे नहीं, देवकीनन्दन अब फिल्म में काम करेगा। वह अब रामलीला में काम नहीं करेगा। फिल्म में काम करने से खूब नाम होता है। रुपया भी बहुत सारा मिलता है।"

फिर जरा रुककर कहने लगी, "अच्छा, बम्बई कितनी दूर है साहब ?"

पच्चीस

खैर, ये बाद की बातें बाद में कहना ही ठीक रहेगा।

उस दिन सुबह बहुत जल्दी आंख खुल गई। उठकर देखता हूं, मुरली और सुरसतिया दोनों उठकर कब की काम में लग गई थीं। छेदी पटेल भी ड्यूटी पर जाने के लिए तैयार हो रहा था।

मेरे जाने का समय भी हो रहा था।

छेदी पटेल आया।

बोला, "साहब, मैं आपका सामान लिए चलता हूं, चलो।"

मैंने कहा, "रामसहाय ले जाएगा, तुम बेकार में क्यों परेशान होते हो?"

रामसहाय अभी तक नहीं आया था। सारी रात बगैर सोए हीं बीती। बड़ी थकान-सी महसूस हो रही थी। मन में कहीं अनजाने ही जैसे एक कशमकश हो रही थी, उसकी वजह से थकान और भी अधिक लग रही थी। लग रहा था कि छेदी पटेल के साथ जैसे अब अच्छा नहीं लगेगा। छेदी पटेल को पहले भी देखा है, कई बार देखा है, लेकिन वह इतना खराब कभी नहीं लगा। शायद ऐसा ही लगता हो। ऐसा ही होना स्वाभाविक होगा। लेकिन लगता था कि छेदी पटेल के घर की ये बातें अगर नहीं मालूम होती तो अच्छा रहता।

घर के अन्दर मुरली दिखाई दे रही थी। दैनिक काम कर रही थी। सुरसतिया कहां थी, पता नहीं लग रहा था। शायद कहीं ओट में होगी, सामने नहीं पड़ना चाहती होगी। खास कर दिन की रोशनी में। मुरली

ही आकर चाय दे गई। एक प्लेट में चावल की मिठाई भी दे गई, लेकिन जैसे खाने को जी नहीं कर रहा था।

छेदी पटेल ने हरा कुर्ता पहन लिया था।

उसने कहा, "चलो साहब!"

मैंने कहा, "छेदी पटेल, तुम, मुझं यहां पर क्यों ले आए? मेरी यहां आने की बात तो नहीं थी।"

छेदी पटेल ने कहा, "हजूर, मेरे माई-बाप हो, मेरी गुस्ताखी माफ कर दो साहब, मैं पैरों पड़ता हूं तुम्हारे।" कहते-कहते छेदी पटेल सचमुच मेरे पांवों पर झुकने लगा।

मैंने उसे रोककर कहा, "बस-बस, अब तुम ड्यूटी पर जाओ।"

छेदी पटेल ने कहा, "पहले यह बताओ साहब, मुझे माफ कर दिया?"

मैंने कहा, "छेदी, तुम्हें बीमारी है तो तुमने मुझे पहले क्यों नहीं बतलाया?"

छेदी मेरी ओर आश्चर्य से ताक रहा था।

मैंने कहा, "ब्याह करके एक जवान लड़की की जिन्दगी तुम खराब करना चाहते हो। ब्याह किया है, इसलिए क्या वह तुम्हारी खरीदी बांदी बनकर रहेगी? तुम सोचते क्या हो आखिर?"

इतनी देर बाद छेदी पटेल के मुंह से आवाज निकली।

उसने कहा, "हजूर, आप कह क्या रहे हैं! मैं बहू के ऊपर जोर-जबर्दस्ती नहीं करूंगा तो किसके ऊपर करूंगा? सुरतिया तो मेरी चूड़ी पहनाई वह है, मैंने किसी परायी औरत के तो हाथ नहीं लगाया।"

मैंने कहा, "लेकिन तुमने नहीं जाना कि तुम्हें बीमारी है? उसका इलाज क्यों नहीं कराते?"

छेदी पटेल ने कहा, "आपसे सुरसतिया ने कहा होगा? यह बीमारी छत्तीसगढ़ में किसे नहीं है? मुझे क्या अकेले यह बीमारी है? सुरसतिया जरा मेरे आगे तो कहे!"

छेदी पटेल काफी गर्म हो गया था।

मैंने कहा, "यह बीमारी अच्छी नहीं है. इलाज क्यों नहीं कराते?"

छेदी पटेल ने कहा, "कौन इलाज करेगा हजूर? मुरली का लड़का

जब मरा, तब टिल्डा मिशन की मेम डॉक्टर के पास जाकर कितनी चिरौरी-विनती की, पैर पकड़े, लेकिन कुछ भी नहीं हुआ, फोकट में मेरे तीन कौड़ी रुपये और पानी में गए।"

मैंने कहा, "तुम पहले अपनी बीमारी का इलाज कराओ।"

छेदी पटेल ने कहा, "डॉक्टर लोग खाली रुपया बटोरते हैं हजूर, इलाज नहीं करते।"

मैंने कहा, "यह कैसे हो सकता है? मिशन में तो रुपये नहीं लेते। उन लोगों ने तो इन बीमारियों का इलाज करने के लिए ही यहां अस्पताल खोला है।"

उस दिन कदमकुएं से आते वक्त छेदी पटेल को कितना समझाया था कि वह अगर इस बीमारी से छुटकारा पा जाए तो उसे खुद को भी शान्ति मिलेगी और उसकी बहू को भी शान्ति मिलेगी। उसके भी बाल-बच्चे होंगे, जो उसके बाद उसकी जमीन-जायदाद और सम्पत्ति को देखेंगे।

लेकिन छेदी पटेल की समझ में बात नहीं आई।

उसने कहा था, "टिल्डा मिशन के डॉक्टर के पास जाने को मत कहो हजूर, बहुत-सा रुपया फूंक चुका हूं, जरा भी फायदा नहीं हुआ।"

मैंने कहा, "किसे रुपया दिया है, डॉक्टर को?"

छेदी पटेल ने बतलाया, "डॉक्टर बाबू के खानसामा को दिए, डॉक्टर बाबू ने मांगे थे।"

मैंने कह दिया था, "तुम बिलासपुर चले आओ, मैं डॉक्टर से कह दूंगा, एक पैसा भी खर्च नहीं होगा।"

छब्बीस

रामसहाय ने जब मुझे थर्टीन-डाउन पर चढ़ा दिया, मैंने छेदी पटेल को याद दिलाया, "बिलासपुर जरूर आना, डॉक्टर सेन से कह दूंगा, तुम्हारा एक पैसा भी नहीं लगेगा।"

उसके बाद ही मेरी ट्रेन स्टार्ट हो गई।

कदमकुएं की बात भूल ही गया होता, लेकिन भूल नहीं पाया। क्यों नहीं भूल पाया, वही सुनाता हूं।

कदमकुआं से आकर मैं अपने काम में डूब गया था। फुरसत होने पर शिकार के लिए नहीं गया, ऐसी बात नहीं है। डी'कास्टा साहब के कहे मुताबिक खोदरी और खोशंडा गया था, लेकिन वह कहानी यहां बेकार होगी।

अचानक एक दिन रामसहाय बिलासपुर आया। करीब छः-सात महीने बाद

मैंने कहा, "रामसहाय, क्या हाल है?"

रामसहाय ने कहा, "हजूर, सुरसतिया ने आपको बुलाया है।"

मुझे बड़ा अजीब लगा।

मैंने कहा, "मुझे! क्यों?"

रामसहाय ने कहा, "उन लोगों के खेतों में हिरनों ने बड़ा उपद्रव मचा रखा है, इसी से आपको बुलवाया है।"

मैंने पूछा, "और छेदी पटेल? उसका क्या हाल है?"

रामसहाय छेदी पटेल के बारे में खास कुछ नहीं बतला पाया। सिर्फ

बोला, "उसी तरह टिल्डा गेट पर नौकरी कर रहा है।"

आखिर एक दिन फिर से अपना झोला और बिस्तरा सम्भालकर रवाना हुआ। छेदी पटेल उस वक्त ड्यूटी पर नहीं था। घर पहुंचकर देखता हूं, मुरली!

मुरली ने कहा, "साहब, तुम आ गए! हमने शिवतालाब के राम-सहाय से खबर कराई थी।"

मैंने कहा, "छेदी पटेल कहां है?"

मुरली ने कहा, "खेत गए हैं।"

मैंने कहा, "और सुरसतिया?"

"घर ही में है।"

आंगन में आते ही सुरसतिया को मेरी आवाज सुनाई दी। बाहर आकर उसने स्वागत किया।

फिर बोली, "जानते हो साहब, देवकीनन्दन आया है!"

"देवकीनन्दन!" मैंने कहा, "देवकीनन्दन कौन?"

देखता हूं, अन्दर एक छोकरा बैठा था—काला, लम्बा कद, पैट पहने। आंखों पर सन-ग्लास लगाए था। मुझे देख कर बाहर आया। इसके बाद धीरे-धीरे सदर दरवाजे से बाहर निकल गया।

सुरसतिया ने मुझे ले जाकर उसी कोठरी में बैठाया। देखता हूं, सिनेमा की बहुत-सी पतली-पतली किताबें चारपाई पर पड़ी थी। दोनों बैठकर शायद इनमें फोटो देख रहे थे।

सुरसतिया ने कहा, "साहब, तुम इस देवकीनन्दन को जानते हो?"

मैंने कहा, "नहीं तो! कौन है वह?"

सुरसतिया ने बतलाया, "यहां रामलीला करने आया है, लछमन सजता है : इतना बढ़िया गाना गाता है कि क्या कहूं! उसे आज खाना खाने को बुलाया था। यहीं खाया उसने।"

उसके बाद जैसे अचानक याद आया कि देवकीनन्दन तो चला गया है।

उसने कहा, "अभी आई साहब, जरा देवकीनन्दन से कह आऊं।" कहकर सुरसतिया बाहर चली गई।

सत्ताईस

मैं फिर से कोठरी के अन्दर नजर घुमाने लगा। कोठरी जैसे नई-नई लग रही थी। दीवार पर एक आईना लटक गया था। कोठरी सिगरेट की खुशबू से भरी थी। पहले भी इस कोठरी में आ चुका था, लेकिन यह बात नहीं थी। सारी कोठरी गोबर से लिपी-पुती थी। सब कुछ जैसे करीने से था।

चारपाई पर बैठ गया था। रामसहाय की राह देखनी थी।

उसके आने पर निकलूंगा। वह अपने घर से खा-पीकर आने वाला था। बाहर चिलचिलाती धूप पड़ रही थी।

अचानक दबे पांव मुरली आई।

मैंने कहा, "सुरसतिया कहां गई है?"

मुरली ने कहा, "साहब, सुरसतिया आजकल बहुत बदल गई है। किसी की बात नहीं सुनती। देखो न, देवकीनन्दन के संग निकल गई है।"

मैंने कहा, 'कहां निकल गई?"

मुरली ने कहा, "कौन जाने किस चूल्हे में गई है! पहले तो भी जरा-बहुत मेरी बात सुनती थी, अब बिलकुल परवाह नहीं करती।"

मैंने कहा, "यहं देवकीनन्दन कौन है?"

मुरली ने कहा, "वही तो है आफत की जड़। यहां रामलीला करने भाया था, मेरे मरद ने उसका गाना सुनकर घर पर खाना खाने बुला लिया, भगवान के भजन-वजन गाता है न—सुरसतिया आजकल उसी में रमी है।"

मैंने पूछा, "छेदी पटेल कुछ नहीं कहता?"

मुरली ने कहा, "शुरू-शुरू में कुछ भी नहीं कहता था, सोचता था; भगवान का नाम लेता है, अच्छा लड़का है, खुद घर लाकर खाना खिलाया, गाने सुने—इसी आंगन में बैठकर उसने बहुत-से भजन सुनाए हजूर, लेकिन सुरसतिया पीछे पड़ गई—एक दिन और आना पड़ेगा भजन सुनाने के लिए।"

मैंने कहा, "फिर?"

मुरली ने कहा, "उसके बाद से रोज दोपहर को आ जाता है. सुर-सतिया के साथ बैठकर खुसर-फुसर करता है। मरद ड्यूटी पर गया होता है तो इन्हें ज्यादा सुविधा होती है। आज, ही देख लो न साहब, उसे ठीक खबर मिल गई कि मरद खेत जाएगा और आ धमका। तुम नहीं आते तो साहब और भी थोड़ी देर तक रुकता।"

मुरली और भी बहुत कुछ कहती रही।

कहने लगी, "सभी भाग की बात है साहब, मैं ही उसे जबर्दस्ती इस घर में लाई। सोचा था, मेरे बच्चे नहीं हैं, अगर सुरसतिया के बच्चे हो जाएंगे तो मरद बेचारे को थोड़ा आराम हो जाएगा, दिल को थोड़ी शान्ति मिलेगी, लेकिन बेचारे को बिलकुल भी सुख नहीं। इतनी मेहनत करता है, रात-रात-भर जागकर ड्यूटी करता है, खेती कर रखी है, कह सकते हैं किसके लिए?"

सच ही तो, किसके लिए कर रहा है यह सब? किसके लिए यह रुपया-पैसा और खेती-बाड़ी है?

मुरली कहती, "सुरसतिया, देवकीनन्दन तेरे पास क्यों आता है?"

सुरसतिया कहती, "खूब आएगा, उसकी मर्जी, वह आएगा।"

"तो मैं भी अबकी मरद से कह दूंगी!"

सुरसतिया कहती, "कह दे न, मैं क्या डरती हूं? मैं क्या तेरी तरह उसकी ब्याही औरत हूं? मैं तो चूड़ी पहनाई औरत हूं। मैं जिससे चाहूंगी। मिलूंगी—जी चाहे सो करूंगी, तेरा क्या जाता है?"

मुरली ने कहा, "कल से उसे यहां आने को मना कर दे।"

सुरसतिया ने कहा, "क्यों मना कर दूं? वह अब चला ही जाएगा।"

"कहां चला जाएगा?"

सुरसतिया ने कहा, "बम्बई फिल्म में काम करेगा! 'नागिन' सिनेमा देखा है—उसी तरह का सिनेमा करेगा देवकीनन्दन—अब और रामलीला में काम नहीं करेगा।"

मुरली ने कहा, "कब जाएगा वह?"

सुरसतिया ने कहा, "बम्बई चिट्ठी लिखी है, फिल्म की नौकरी मिलेगी उसे।"

मुरली ने मुझसे कहा, "साहब, तुम उसे जरा समझा के कहो, मरद बेचारे का घर चौपट हो जाएगा, सब खत्म हो जाएगा, और इससे क्या सुरसतिया को कोई सुख मिलेगा?"

अठाईस

याद है, उसी दिन छेदी पटेल के घर के बिगड़ने के आसार नजर आने लगे थे। छेदी पटेल ने तो और पांच जनों की तरह ही अपना घर बनाना चाहा था। मुरली ने भी यही चाहा था। इससे ज्यादा उन लोगों ने कुछ भी नहीं चाहा एक बंधी नौकरी, थोड़ी-सी जमीन और एक सुनिश्चित भविष्य—जो सभी चाहते हैं। सारी दुनिया के लोग यही चाहते हैं, और कुछ नहीं। कितनी बार देखा, छेदी पटेल पसीने से तर ड्यूटी करके आया। आकर एक स्टूल पर बैठा। मुरली पानी ले आई, अंगोछा ले आई। और सुरसतिया ?

सुरसतिया जैसे दूसरी ही दुनिया की थी। इस घर में आकर जैसे बन्दी हो गई थी। वैसे उसका दोष भी क्या था ? सारा घर जैसे एक उम्मीद-भरी नजर से सिर्फ उसी की ओर देखा करता, जैसे अकेली वही इस घर को बचा सकती थी। दिन पर दिन फिर महीनों छेदी पटेल आशा लगाए रहा, किसी दिन शायद सुरसतिया को समझ आ जाए, एक न एक दिन तो उसे सुबुद्धि आएगी ही। रात को उसके पास आकर सोएगी। और उसके बाद ही इस घर के सारे दुःखों का, एक नवागन्तुक के आने पर, अन्त हो जाएगा। यह जमीन-जायदाद, यह घर-बार फिर से एक नये मायने ढूंढ पाएंगे। छेदी पटेल ने भगवान का आशीर्वाद इसीलिए चाहा था। भगवान के नाम और संकीर्तन का आयोजन भी उसने इसीलिए किया था। रामजी की कृपा से इस घर के सारे दुःख-कष्ट खत्म हो जाएंगे

मेम डॉक्टर मुरली को देखने आती।

छेदी पटेल मेम डॉक्टर को दूर से देखकर ही घर से भाग जाता।

मुरली किसी-किसी दिन अपनी खटिया पर पड़ी कराहती।

"अरी मैया री, आह!"

दूर न जाने किसके घर वह पैदा हुई थी, उसे अब यह बात ठीक से याद भी नहीं थी। बचपन में ही एक दिन छेदी पटेल के साथ उसका ब्याह हो गया। केलों की एक घौद, एक टीन का बक्सा और गले में चांदी की हंसुली पहनकर मुरली पटेल-परिवार में आई। उसके बाद कितनी ही जगहों पर छेदी पटेल की बदली हुई। नौकरी मिलने पर वह रामगढ़ गया गेटमैन बनकर। मुरली भी साथ गई। बाहर धूल-भरी आंधी और लू चलती, और झोंपड़ी के अन्दर बैठी मुरली घड़ियां गिनती। छेदी पटेल उन दिनों शराब पीता था, लेकिन शराब पीकर कभी भी ड्यूटी में गफलत नहीं करता था। कभी छुट्टी नहीं लेता था। झण्डियां लिए जब भी देखो, गेट सम्हाला करता। घर की बहू की ओर ताकने की फुरसत उसे नहीं थी।

मुरली को उन दिनों की बातें अच्छी तरह से याद हैं।

मुरली ने सब सहा। सिर्फ मन में एक कामना संजोए, उसके भी बच्चा होगा। उसके भी बेटा होगा।

कितनी ही बार मेम डॉक्टर के पांव पकड़कर वह गिड़गिड़ाई, "मुझे एक बच्चा दे दो मेम साहब।"

मेम डॉक्टर कहती, "पहले अपने आदमी की बीमारी का इलाज करा, फिर होगा तेरे लड़का?"

छेदी पटेल से यह बात कहने पर उसने झिड़क दिया।

वह बोला, "रहने दे अपनी मेम डॉक्टर की बात। मैं मर्द हूं, मैं कुछ भी नहीं जानता? दवा से अगर बीमारी ठीक कर सकती है तो तेरे बच्चे को क्यों नहीं बचा पाई मेम डॉक्टर? बेकार में मेरे तीन कौड़ी रुपये और ले लिए!"

मुरली ने कोई जवाब नहीं दिया, सिर्फ मन-ही-मन रोई। यह तो मर्द ठहरा। गांव का पटेल है। वह सब समझता होगा। उसका आदमी रेल में

काम करता है। लाल झण्डी दिखाकर डाक गाड़ी रोक देता है। उसकी कितनी ताकत है, उसकी इज्जत कितनी है। वह नहीं समझेगा तो कौन समझेगा?

छेदी पटेल कहता, “अच्छा, तू ही कह, फिर जगाई के लड़का कैसे हुआ? अपने पलेटियर साहब के ही लड़का नहीं हो रहा था, बाद में कैसे हुआ? मैं सच कह रहा हूं या नहीं, चल दिखलाकर लाऊं।”

मुरली को देखने के बाद सुरसतिया को मेम डॉक्टर एक ओर बुलाती।

पूछती, “क्यों री, अपने मरद के साथ सोती है या नहीं?”

सुरसतिया हंसती। फिर कहती, “नहीं मेम साहब, तुमने जब मना कर दिया तो कैसे सोती?”

मेम डॉक्टर कहती, “सुरसतिया, खूब होशियार, जरा भी भूल की तो तेरे भी लड़का नहीं होगा। अगर हुआ तो होते ही मर जाएगा।”

सुरसतिया कहती, “मेरे लड़का नहीं होगा मेम साहब, मैं मरद के पास सोऊंगी ही नहीं।”

मेम डॉक्टर और भी डराती। कहती, “सोएगी तो तुझे भी बीमारी हो जाएगी, पेट में दर्द होगा, मूरली की तरह तू भी छटपटाएगी।”

कहकर मेम डॉक्टर चली जाती।

मुरली पूछती, “मेम डॉक्टर तुझसे क्या कह रही थी री सुरसतिया?”

सुरसतिया कहती, “मरद के पास सोने को मना कर रही थी।”

मुरली और भी रोती। कहती, “तू मर क्यों नहीं जाती सुरसतिया? तू मर जा, मैं भी मर जाऊं, सब मर जाओ, जरूरत नहीं है बच्चे की—मर जा, मर जा सुरसतिया!”

सुरसतिया खिलखिला उठती। कहती, “तू मर न, मैं क्यों मरने लगी?”

मुरली कहती, “मरेगी नहीं तो और क्या करेगी?”

सुरसतिया और भी जोर से खिलखिलाती। कहती, “मैं बम्बई जाऊंगी।”

मुरली कहती, “चली जा मेरे सामने से हरामजादी! चल, भाग यहां से!”

उनतीस

उस दिन छेदी पटेल से मुरली ने कहा, "एक बार बिलासपुर चलो न, अस्पताल में दिखला आना। साहब कह गए हैं, एक पैसा भी नहीं लगेगा। चलो न एक बार।"

छेदी पटेल को भी दिनोंदिन न जाने क्या हो रहा था। किसी चीज पर यकीन ही नहीं आता था। "सब धन्धेवाजी है। जैसा बिलासपुर का डॉक्टर, वैसा ही टिल्डा मिशन का। बीमारी तो ठीक होगी ही नहीं। फालतू में दो-तीन कौड़ी रुपये और निकल जाएंगे।"

मुरली ने बहुतेरा कहा, "साहब की पहचान का डॉक्टर है, बड़ा भला आदमी है—चलो न एक बार।"

आखिर मुरली को लेकर छेदी पटेल ट्रेन में चढ़ा। पैसेंजर ट्रेन से बिलासपुर आ पहुंचा। पुरानी पहचानी जगह थी। यहां छेदी पटेल कितने ही साल काट गया था। सीधे अस्पताल में पहुंचकर टिकट बनवाई। चपरासी ने लोहे का टोकन दिया।

पूछा, "कौन-सी बीमारी है?"

छेदी पटेल ने कहा, "पारा रोग है चौधरी!"

"किसे?"

जैसे अपने घर को छुपाते हुए छेदी पटेल ने मुरली को दिखलाकर कहा, "इसे और मुझे।"

चपरासी ने कहा, "रुपये खर्च करने पड़ेंगे, डॉक्टर साहब का हुक्म है, "पारा रोग होने से नौकरी चली जाती है।"

छेदी पटेल और भी ज्यादा डर गया।

उसने पूछा, "नौकरी चली जाएगी?"

चपरासी ने कहा, "कम्पनी की ही तो नौकरी है, कुछ रुपये दे देने पर डॉक्टर साहब सब ठीक कर देंगे।"

छेदी पटेल ने कहा, "कितने रुपये लगेंगे?"

चपरासी ने कहा, "कितने हैं तेरे पास?"

छेदी पटेल ने कहा, "रुपये तो लेकर नहीं आया चौधरी!"

चपरासी गर्म हो गया। बोला, "रुपया नहीं है तो यहां किसलिए आए हो? जा, तेरी नौकरी चली जाएगी।"।

जल्दी से टोकन वापस देकर छेदी पटेल वापस टिल्डा चला आया।

यह किस्सा मुझे बहुत दिनों बाद मुरली ने रो-रोकर सुनाया। उसने कहा, "मेरे मरद का तो हुजूर, कोई कसर नहीं है। सब पैसा कमाना चाहते है, सभी को रुपया चाहिए। टिल्डा मिशन का डॉक्टर जैसा है, वैसा ही विलासपुर वाला है।"

तीस

फिर टिल्डा, फिर उसी कदमकुएं में फिर वही बीमारी, वही तकलीफ। फिर वही रोना। छत्तीसगढ़ के लोगों के आंसुओं से जैसे सारा कदमकुआं भर गया था उस दिन। बिलासपुर के डॉक्टर से मैंने कह दिया था, लेकिन उसके ऑफिस के चपरासी से तो नहीं कहा था। उस दिन दो निरीह प्राणी हताश होकर अस्पताल से लौट आए, यह किसकी जिम्मेवारी है, यह में आज भी ठीक से नहीं कह सकता। रेलवे में घूस पकड़ने की मेरी नौकरी थी। घूस और रिश्वत बंद करने के लिए ही मुझे तनख्वाह देकर रखा गया है—मैं तब छेदी पटेल का जरा भी भला नहीं कर पाया, मुझे इसी बात की कम शर्म आती है! मुरली के आगे तो मैं शर्म से अधमरा हो गया था। कहां तो इसका कानून है, और किस तरह इसे रोका जा सकता है, यह जैसे मुझे भी नहीं मालूम।

छेदी पटेल ने बाद में मुझे बतलाया था, "देख लेना साहब, सब लोगों का हाल एक दिन मेरे जैसा होगा। जैसे मैं रो रहा हूं, सब रो रहे होंगे—किसी का भी भला नहीं होगा।"

मेरे पास कहने को कुछ भी नहीं था। सिर्फ लग रहा था, जैसे दुनिया भर के लोगों का हाल छेदी पटेल जैसा हो गया था। कहीं भी, किसी भी जगह उसके लिए सांत्वना नहीं थी। वैसे इस दुनिया में क्या नहीं है? रोग है, लेकिन उनकी दवाएं भी तो हैं। दुःख. है, लेकिन उसे मिटाने के भी

रास्ते हैं। जिनके लिए यह पुलिस-पहरा, डॉक्टर, अदालत और कल-कारखाने हैं, उन्हीं लोगों को इनसे कितना फायदा मिलता है? मेरी ही बात लीजिए! मेरी नियुक्ति घूस रोकने के लिए है, लेकिन क्या मैं छेदी पटेल का दुःख दूर कर पाया हूं?

इकतीस

दोपहर के वक्त कदमकुआं के खेतों में घूमता हुआ यही सोच रहा था। आने के बाद से छेदी पटेल के साथ मुलाकात नहीं थी। मुरली के बारे में ही सोच रहा था। साथ में रामसहाय भी था। चने के खेत में बन्दूक लिए घूम रहा था। शिकार का नशा ठहरा। डी'कॉस्टा साहब ने ही यह नशा लगा दिया था कुछ दिन के लिए, जैसे शिकार छोड़कर कुछ भी नहीं सोच पाता था, जबकि इसकी ऐसी कौन-सी जरूरत थी? इसमें मजा ही कितना मिलता था? किसी का कौन-सा भला होता था?"

छेदी पटेल ने और भी कहा था, "साहब, मैंने तो किसी का बुरा नहीं चाहा, फिर मेरा यह हाल क्यों हुआ?" सच ही तो, दूसरे का बुरा किए बिना खुद का बुरा क्यों होता है? इंसान के भले-बुरे का जो जिम्मेवार है, वह उसका बुरा क्यों करता है? उससे किसका भला होता है?

डी'कॉस्टा साहब की बात अलग है। वह कहते "एनजॉय योर लाइफ मैन, जिंदगी का मजा लूट लो, दुनिया मे आने के बाद तुम्हारे लाभ का सिर्फ यही काम है—और सब कुछ ब्लफ है।"

बत्तीस

अचानक रामसहाय चौकन्ना हो उठा।

बोला, "वह देखिए हजूर, हिरन!"

शिवतालाब की ओर वाली ढाल से हिरनों का झुंड चला आ रहा था। चने के खेतों में हरे-हरे बाल से सर उठाए खड़े थे। ठीक दोपहर का वक्त। एक छोटे पौधे की आड़ में झुककर बैठ गया। आज खाली हाथ नहीं लौटूंगा।

छेदी पटेल की और एक बात याद आई, "मुझे बांध क्यों रखा है साहब? मैं पागल तो नहीं हुआ हूं, मेरी जंजीर खोल दो न साहब!"

बंदूक उठाकर घोड़ा दबाते ही जैसे कोई खुस-खुस की-सी आवाज हुई और पलक मारते ही हिरनों का झुंड न जाने कहां गायब हो गया!

रामसहाय ने मायूसी से मेरी ओर देखा। उसने भी पता नहीं क्यों खाली नजरों से मेरी ओर देखा! रामसहाय ने कहा, "हुजूर, गलती हो गई फिर। आप जरा चुपचाप बैठिए।"

लेकिन मैं बुरी तरह ऊब गया था। सारे दिन चिलचिलाती धूप में बीता। बुरी तरह थक गया था। पता नहीं क्यों ऐसा हो गया था! कुछ प्राणियों की हत्या नहीं कर पाया, यह अफसोस क्या उसी बात का था?

मैंने कहा, "तुम जाओ रामसहाय! अब दिल नहीं कर रहा है।"

बार-बार की गई कोशिशें भी जब बेकार जाती हैं, तब शायद दिल को आराम की जरूरत होती है।

रामसहाय ने कहा, 'हजूर, छेदी पटेल का घर पास ही है, चाय बना

लाऊं—अभी आ जाऊंगा।" कहकर रामसहाय चला गया।

उस दिन फिर किसी भी तरह शिकार में मन नहीं लगा। बंदूक लिए अकेला छेदी पटेल के घर की ओर लौट रहा था। खेत पार करने के बाद थोड़ी दूर तक छोटी-छोटी झाड़ियों से भरा जंगल पड़ता था और उसके बाद ही या छेदी पटेल का इलाका। वहीं से टेढ़ी-मेढ़ी-सी एक पगडंडी छेदी पटेल के घर तक गई थी। वहीं था छेदी पटेल का तालाब। मुझे बड़े जोर की प्यास लगी थी।

घर की ओर आते-आते अचानक जैसे किसी ने पीछे से पुकारा, "साहब!"

मुड़कर देखा, सुरसतिया। उसने बसंती रंग की साड़ी पहन रखी थी। मिटटी का घड़ा लिए तालाब से पानी भरने आई थी। दिन ढल चला था, लेकिन अभी भी सुरसतिया का चेहरा धूप से तमतमा रहा था। मुझे देखकर वह मुस्करा रही थी।

मेरे खाली हाथ की ओर देख उसने कहा, "कितने हिरन मार लाए साहब?"

मैं खिसियानी हंसी हंसने लगा।

घड़े को मुंडेर पर रखकर सुरसतिया मेरी ओर दौड़ आई। उसके अंग-अंग पर से धूप जैसे बार-बार फिसली जा रही थी। कमर पर हाथ रखे वह एकदम पास सटकर खड़ी हो गई।

मैंने पूछा, "पानी भरने आई थीं?"

सुरसतिया उसी तरह हंसने लगी। फिर बोली, "नहीं, तुम्हारा शिकार देखने आई थी।"

मैंने कहा, "आज शिकार में कुछ भी हाथ नहीं लगा।"

सुरसतिया ने कहा, "साहब, देवकीनंदन को देखा न?"

मैंने कहा, "हां, देखा तो।"

सुरसतिया बोली, "तो कैसा लगा?"

मैंने कहा, "अच्छा ही है।"

सुरसतिया ने कहा, "देवकीनंदन ने तुमसे एक खत लिख देने को कहा है।"

मेंने कहा, "खत! किसे? कहां?"

सुरसतिया ने कहा, "उसे अंग्रेजी लिखनी तो आती नहीं है, इसी से कह रहा था कि अगर साहब खत लिख दें तो उसे कोई नौकरी मिल जाए।"

मैंने पूछा, "खत कहां लिखना होगा?"

सुरसतिया ने कहा, "बम्बई फिल्म-कम्पनी में। वह अच्छा लगेगा न?'

मैंने कहा, "मैंने उसे अच्छी तरह कहां देखा है!"

सुरसतिया ने कहा, "साहब, 'नागिन' देखी है, नागिन'?"

मैंने जवाब दिया, "नहीं, मैंने नहीं देखी।"

शायद मेरी बात पर सुरसनिया को बड़ा तरस आया। इतने दिन की सारी श्रद्धा, सारी इज्जत जैसे पल-भर में खत्म हो गई।

उसने फिर कहा, "सचमुच में तुमने नागिन नहीं देखी साहब!"

सुरसतिया को मैं कैसे समझाता कि में सिनेमा नहीं देखता, मेरी समझ में नहीं आ रहा था। विलासपुर में सिनेमा आते जरूर थे, लेकिन मुझे जैसे उनसे कोई दिलचस्पी ही नहीं थी, यह बात कहने पर शायद सुरसतिया यकीन नहीं करती।

सिर्फ इतना ही पूछा, "क्यों, यह बात क्यों पूछ रही हो?"

सुरसतिया बोली, "देवकीनंदन नागिन के गाने गाता है, ठीक सिनेमा की तरह। उसका गला भी बिलकुल वैसा ही है।"

मैंने कहा, "लेकिन मुरली तो कह रही थी कि देवकीनंदन भगवान के भजन गाता है?"

सुरसतिया ने कहा, "वे तो रामलीला के भजन हैं। मेरे मरद के पास भगवान के भजन गाता है और मेरे पास नागिन के गाने गाता है।"

मेरी नजरों के आगे सन-ग्लास लगाए वह चेहरा फिर उभर आया।

सुरसतिया ने कहा, "मरद तो बूढ़ा आदमी है, इसीलिए उसे भजन अच्छे लगते हैं—मुझे वे सब अच्छे नहीं लगते।"

तैंतीस

याद है, उस दिन सुरसतिया देवकीनंदन की बात करते थक नहीं रही थी। बार-बार सिर्फ देवकीनंदन के बारे में ही कहती। पिछली बार भी कदमकुआं आया था, तब सुरसतिया ऐसी नहीं थी। तब सुरसतिया में सिर्फ सौंदर्य था, लेकिन अबकी बार जैसे चटक भी थी। अबकी जैसे वह नजरों को झुलसाने वाली थी। आंख, चेहरे, देह और जवानी से सुरसतिया जैसे छुरी. की पैनी धार हो रही थी। देखकर मुझे डर लगने लगा।

सुरसतिया ने कहा, "ठहरो साहब, पानी ले आऊ, फिर तुम्हारे लिए चाय बना दूंगी।"

मैंने कहा, "क्यों? मुरली भी तो चाय बना सकती है।"

सुरसतिया बोली, "मुरली तो पड़ गई है, उसे बुखार चढ़ा है।"

मैंने कहा, "क्यों सुबह तो देखा था, बिलकुल ठीक थी—अचानक क्या हो गया?"

सुरसतिया बोली, "होगा और क्या साहब? तुम्हें तो सब बतला ही चुकी हूं।"

मैंने कहा, "मेम डॉक्टर की दवा नहीं खा रही?"

सुरसतिया ने कहा, "वह अब ठीक नहीं होगी साहब, मेम डाक्टर ने कहा है।"

अचानक सुरसतिया ने मेरा हाथ पकड़ लिया। सुरसतिया की ओर घूमने पर देखा, वह उगली के इशारे से दूर कुछ दिखला रही थी।

उसी ओर नजर दौड़ाने पर देखता हूं, शिवतालाब की ओर हिरनों

का एक झुंड चने के खेतों की मोर आ रहा था।

मैं जरा देर सोचता रहा। फिर बंदूक सम्हालकर आगे बढ़ गया।

अचानक सुरसतिया ने कहा, "रुको साहब, तुम्हें साड़ी देती हूं।" कहकर मिट्टी का घड़ा जमीन पर रखकर वह साड़ियों में छिप गई। सुरसतिया का यह तमाशा देखकर मुझे हैरानी हो रही थी। सुरसतिया कहां जा छुपी? सुरसतिया का इरादा मेरी समझ में नहीं आ रहा था।

अचानक साड़ियों की ओर से बसंती रंग की एक साड़ी मेरे सिर पर आ गिरी। साड़ी लेकर मैं क्या करूंगा, समझ में नहीं आ रहा था। झाड़ियों के बीच से सुरसतिया ने कहा, "जनाना-वेश बना लो साहब, नहीं तो भाग जाएंगे।"

पल-भर में बात मेरी समझ में आई। शर्ट-पैण्ट के ऊपर सुरसतिया की बसंती साड़ी अच्छी तरह से लपेट ली। इसके बाद बंदूक को छुपाए धीमे-धीमे आगे बढ़ने लगा। डी'कॉस्टा साहब ने भी बतलाया था कि औरतों को देखकर हिरन भागते नहीं हैं। उनका सारा डर मर्दो से ही है। मैदानी रास्ता किसी तरह पार कर चने के खेतों में पहुचा। मुंह पर घूंघट डालकर चने के हरे-हरे पौधों के पीछे बैठ गया। हिरनों का झुंड पास आने लगा। काफी पास आ गया था। बंदूक की मार में वे धीरे-धीरे आ गए।

फिर और भी नजदीक।

सुरसतिया के आगे कहीं लज्जित न होना पड़े, बंदूक में एल० जी० भरकर निशाना लेकर ट्रिगर दबा दिया। साथ ही एक बारहसिंगा गिर पड़ा। बाकी जाने कहां गायब हो गए।

पीछे से तभी आवाज सुनाई दी, "साहब, ओ साहब, मेरी साड़ी दो।"

तब खयाल आया। जल्दी से साड़ी उसकी ओर फेंक दी।

मिनट-भर बाद सुरसतिया निकल आई झाड़ी से।

बोली, "मैंने देख लिया था साहब!"

घटना याद रहने लायक थी। इसीलिए इतने दिन बाद भी सुरसतिया के उस दिन की सूझ की याद आने से हंसी आ रही थी। छेदी पटेल के घर की शांति के लिए मैं कर ही क्या पाया हूं! न तो छेदी पटेल को ही

समझा पाया, न सुरसतिया का ही कोई भला कर पाया। किसी तरह भी फायदा नहीं हुआ। सिर्फ आतिथ्य स्वीकार कर उन लोगों का हो गया। जीवन के कितने ही उतराव-चढ़ाव होशियारी के साथ पार कर ले गया। सोचता था कि अगर हार गया तो हंसने वालों की कमी नहीं रहेगी, लेकिन जीतने पर होने वाले आनन्द को कंजूस के धन की तरह खुद अकेले ही भोगेंगे। हम ऐसे ही स्वार्थी हैं। छेदी पटेल अगर हार ही गया हो तो उसके ऊपर कभी भी न हंसूं। बार सुरसतिया? सुरसतिया क्या जिंदगी को जीत पाई?

काफी दिनों बाद जब मेरी उम्र करीब-करीब पूरी हो आई थी, एक दिन फिर सुरसतिया से मुलाकात हो गई। देखकर हंसूं या रोऊ, ठीक नहीं कर पाया, लेकिन आश्चर्य भी नहीं हुआ।

मैंने पूछा, "सुरसतिया, कैसी हो?"

उस बात का जवाब न देकर सुरसतिया ने कहा, "इस बार हमारे यहां क्यों नहीं रुके साहब?"

मैंने कहा, "मुझे सब मालूम है। सब कुछ सुन चुका हं सुरसतिया!"

फीकी हंसी के साथ सुरसतिया ने कहा, "चा बना लाऊं साहब?"

मैंने कहा, "मैं रामसहाय के यहां से चाय पीकर आया हूं।"

सुरसतिया ने कहा, "मेरे हाथ की चा पीते घृणा होती है?"

मैंने कहा, "तुम्हारे हाथ की चाय क्या कभी पी नहीं है?"

याद है, यह सुनकर सुरसतिया ने कोई जवाब नहीं दिया। जवाब देने को कुछ था भी नहीं। छेदी तब अपने होश में नहीं था। मन ही मन कोठरी में बैठा न जाने क्या बड़बड़ा रहा था।

सुरसतिया ने पूछा था, "शिकार नहीं करोगे साहब?"

मैंने कहा, "मैं बिलासपुर से जा रहा हूं सुरसतिया! मैंने बंदूक बेच दी है।"

सुनकर सुरसतिया के चेहरे पर कौतूहल का भाव आया।

चौंतीस

उस दिन क्या मालूम था कि मुझे बिलासपुर छोड़कर इतनी जल्दी चले जाना पड़ेगा। हेड ऑफिस से रिपोर्ट गई थी, मुझसे घूस पकड़ने का काम ठीक से नहीं हो रहा है। मैं दयालु हूं, मैं जरा से में ही पिघल जाता हूं, कातर हो जाता हूं। इंसान के जुर्म को मैं बड़ा नहीं मानता हूं। पता नहीं कैसे मेरे लिए जैसे इंसान ही बड़ा होता जा रहा था। जो आदमी अपराध करता है, वह किसी को प्यार भी कर सकता है। जो आदमी अपराध करता है वह किसी को माफ भी कर सकता है। यह बात मैं अपने मालिकों को समझा नहीं पाया—इसीलिए मुझे लौटना पड़ रहा था, मुझे नाकामयाब होना पड़ा था; लेकिन यह बात यहां बेकार होगी।

छेदी पटेल उस दिन काफी देर बाद लौटा।

मुझे देखकर बोला, "साहब, आप!"

सुरसतिया ने गोश्त पकाने के लिए चढ़ाया था। गोश्त की खुशबू से सारा घर महक रहा था। छेदी पटेल की नाइट-ड्यूटी थी। खाकर उसे ड्यूटी पर जाना था। खा-पीकर उसने नीला कुर्ता पहन लिया। फिर बोला, "इस बार हिरन सारा खेत साफ कर गए, अबकी बिकी अच्छी नहीं होगी।"

मुरली अंदर कोठरी में पड़ी छटपटा रही थी। बाहर से उसके कराहने की आवाज सुनी जा सकती थी।

मैंने कहा, "अब रुपयों की जरूरत नहीं पड़ेगी छेदी, मैं तुम्हें खुद डॉक्टर के पास ले जाऊंगा। बिलासपुर आकर मुझसे मिलना, मैं तुम्हारी

बीमारी ठीक करा दूंगा।"

छेदी पटेल ने कहा, "मुझे अपनी बीमारी की फिक्र नहीं है, न मुझे मुरली की ही फिक्र है।"

मैंने कहा, "तब फिर किस बात की फिक्र है तुम्हें?"

छेदी पटेल ने कहा, "साहब, मुझे सुरसतिया की फिक्र लगी है। मेरे पांच कौड़ी बेकार गए।"

मैंने कहा, "तुम्हारे लिए क्या पैसा ही बड़ी चीज है?"

छेदी पटेल ने कहा, "मैंने खून-पसीना एक किया। मैंने रात-रात-भर जाकर धूप और पानी में बड़े होकर पैसा जमा किया, सब क्या जेठू रावत को देने के लिए? देने के लिए क्या और कोई आदमी नहीं था? मेरा क्या फायदा हुआ हजूर? मेरे लड़का हुआ? मैंने तो लड़का के लिए ही सुरसतिया को चूड़ी पहनाई थी।" .

जवाब देने के लिए मेरे पास क्या था! मैं कुछ भी न कह सका।

छेदी पटेल कहने लगा, "उसी रुपये से जेठू रावत चूड़ी पहनाकर बहू लाया। उसके लड़का भी हो गया। अब वह कितने मजे में है!"

पैंतीस

मैं अपनी कोठरी में बैठा था। छेदी-पटेल खा-पीकर ड्यूटी पर चला जाएगा। मेरी गाड़ी रात को थी। रामसहाय मेरा सामान लेकर मुझे गाड़ी पर चढ़ा देगा।

अचानक बाहर से झगड़े की सी आवाज आई।

आवाज छेदी पटेल की थी। बुरी तरह चिल्ला रहा था।

मैं कोठरी से बाहर आया। छेदी पटेल कह रहा था, "हरामजादे, और कोई जगह नहीं मिली थी यह सब करने के लिए?"

देखता हं, उसने देवकीनंदन का कॉलर पकड़ रखा था, पकड़े जाने की वजह से देवकीनंदन के मुंह में जैसे बोल नहीं था।

छेदी पटेल चिल्ला रहा था, "सोचा कि मैं घर नहीं हूं और चला आया—निकल यहां से! अगर फिर कभी आया तो मार-मारकर भुरता निकाल दूंगा। मुझे जानता नहीं है! मैं कदमकुआं का पटेल हूं। मेरी औरत पर तेरी नजर!"।

मैंने जाकर उसे छुड़ा दिया, नहीं तो छेदी पटेल उसे मार ही डालता। मैंने कहा, "छोड़ दो छेदी, मर जाएगा।"

छेदी पटेल ने कहा. "अच्छा है कि मर जाए, इसका मरना ही ठीक है। मैं इस हरामजादे का खून पी जाऊंगा, मेरी औरत पर नजर डालता है।"

मैंने बड़ी मुश्किल से देवकीनंदन को छुड़ाया। यह उसे शायद मालूम नहीं था कि छेदी पटेल अभी तक घर होगा। जरा पहले ही आ पहुंचा

था। छूटते ही देवकीनंदन अंधकार में खो गया।

छेदी पटेल अभी तक बड़बड़ा रहा था।

"मैं कदमकुआं का पटेल, मेरे घर में चालाकी! मारकर हरामजादे को तालाब की मिट्‌टी में गाड़ दूंगा।"

इसके बाद मैं बिलासपुर चला आया। विलासपुर में मुझे कुछ ही दिन और रहना था।

अचानक एक दिन मेरे अर्दली ने कहा, "साहब, छेदी पटेल के बारे में कुछ सुना?',

मैंने कहा, "नहीं तो!"

अर्दली ने बतलाया, "रामसहाय आया था, वही कह रहा था, छेदी पटेल की बहू सुरसतिया घर से भाग गई है। पटेल ने नौकरी छोड़ दी।"

मैं हैरान रह गया। उसकी नौकरी रह ही कितने दिन की गई थी। इतने दिन की, इतने साल की नौकरी छोड़ दी।

मैंने पूछा, "कहां भागी है, कुछ पता चला?"

अर्दली उससे ज्यादा नहीं जानता था।

उसके बाद ऑफिस के काम से जबलपुर गया था। स्टेशन पर खड़ा था, नैरो-गेज ट्रेन पर चढ़ना था। देखता हूं, गले में लाल रूमाल बांधे, हवाई-शर्ट पहने एक छोकरा प्लेटफॉर्म पर खड़ा सिगरेट फूंक रहा था।

पास जाकर अच्छी तरह से देखा।

फिर पूछा, "देवकीनंदन नाम है न?"

देवकीनंदन मुझे देखकर जैसे सिटपिटा गया। बात टालने की कोशिश करने लगा।

मैंने फिर कहा, "तुम्हीं तो देवकीनंदन हो?"

इस बार उसने कहा, "जी हां।" कहकर उसने जलती सिगरेट लाइन की ओर फेंक दी।

मैंने पूछा, "सुरसतिया तुम्हारे साथ है?"

देवकीनंदन पहले तो घबरा गया, फिर बोला, "जी हां।"

मैंने कहा, "क्यों तुम उसे लेकर भागे? जानते नहीं हो, छेदी पटेल ने नकद एक सौ रुपया देकर उसे चूड़ी पहनाई है?"

देवकीनंदन चुपचाप खड़ा रहा।

मैंने कहा, "तुम्हें मालूम नहीं है, छेदी पटेल सारे छत्तीसगढ़ में तुम्हें खोजता फिर रहा है? देखने पर फाड़कर छोड़ेगा"

देवकीनंदन ने कहा, "साहब, मेरा क्या दोष है? सुरसतिया ही तो मेरे साथ भाग आई। मुझसे फिलिम बनाने को कहती थीं, मेरे साथ बम्बई जाने के लिए चली आई है, कहती है, दोनों मिलकर फिलिम बनाएंगे—सुरसतिया को 'नागिन' फिलिम बहुत पसन्द आई थी।"

मैंने कहा, "इस वक्त वह कहां है?"

देवकीनंदन ने कहा, "छिन्दवाड़े में।"

मैंने पूछा, "और तुम यहां पर क्या कर रहे हो?"

देवकीनंदन ने कहा, "यही नौकरी की कोशिश में घूम रहा हूं।"

मैंने देवकीनंदन को ऊपर से नीचे तक दुबारा देखा। नौकरी ढूंढ़ने वाली पोशाक पहने था! फेंकी सिगरेट से अभी तक धुआं निकल रहा था। इच्छा हो रही थी, पुलिस को बुलाकर इस लफंगे को पकड़वा दूं।

देवकीनंदन कहने लगा, "हजूर, मालिक हैं, मेरे पर बेकार नाराज हो रहे हैं। मेरा कोई कसूर नहीं है। सुरसतिया बड़ी तकलीफ में थी, छेदी पटेल रोज मार-पीट करता। अब उसकी बजह से मैं मुसीबत में फंस गया हूं।"

"क्यों? तुम्हें क्या मुसीबत है?"

देवकीनंदन ने कहा, "रामलीला-मंडली छोड़ दी। बंबई जाने के लिए दो टिकटों का कितना लगेगा, जरा हिसाब करके देखिए, इसके बाद मुझे वहां पर फिलिम बनाने ही कौन देगा—फिलिम का मुझे क्या आता है?"

देवकीनन्दन मेरे साथ बात कर रहा था और डर से थरथर कांप रहा था। लग रहा था कि देवकीनन्दन के ऊपर गुस्सा करना फिजूल है। छत्तीसगढ़ी समाज के लिए यह कोई इतने बड़े अपराध की बात नहीं थी। हर रोज ऐसा होता है। उसे दोष देना बेकार है।

मेरी ट्रेन भी आ गई थी। उसे छोड़कर कुली से अपना सामान लदवाकर मैं ट्रेन में जा चढ़ा।

इसके बाद कहां का छेदी पटेल, कहां की मुरली और कहां की

सुरसतिया! इन लोगों के बारे में सोचने का वक्त ही नहीं मिला। छत्तीसगढ़ छोड़ कर मुझे कलकत्ते चले आना पड़ा। मेरे शिकारी जीवन पर भी यहीं यवनिका-पात हो गया। बन्दूक के लिए कोई खरीदार खोज रहा था। खुद डी'कॉस्टा साहब ने पसन्द करके यह बन्दूक खरीदवाई थी—बाद में उन्हें ही वापस भी कर आया। उनसे कह आया था—बिकने पर रुपये मुझे भिजवा दें।

लेकिन वापस आने से पहले ही घटना हो गई।

नहीं तो यह कहानी लिखने की कोई जरूरत ही नहीं होती।

मेरी जगह पर गांगुली ने आकर मुझे रिलीव किया। फाइलें, स्टाम्प वगैरह सब उस सौंप दी। भाटपाड़े में सरसों के तेल की मिलावट वाला जो केस चल रहा था, उसके कागज भी दे दिए। इतने दिन और रात का संगी बिलासपुर और आस-पास के स्टेशन। बड़दुआर के माल-गोदाम का केस, पेण्ड्रा रोड के पी॰ डब्ल्यू॰ आई॰ का केस, नईला की ग्रेनशॉप का केस, केस क्या एक था! अपने एजेण्ट से भी परिचय करा दिया। हर जगह गांगुली को साथ ले जाकर दिखला दी। सबको समझा दिया कि गांगुली मेरा रिलीवर है।

राजनन्दगाव में जाकर माल बाबू से परिचय करा दिया।

गागुली चार्ज लेकर ऑफिस का काम समझने जबलपुर चला गया। मैं डाउन-ट्रेन के लिए प्लेटफॉर्म पर बैठा था। कंकरीट विछे प्लेटफॉर्म के ऊपर वेटिंगरूम की इजीचेयर घसीट ली थी। दोनों ओर लम्बी रेलवे-लाइन दूर-दिगन्त तक चली गई थी। उसी की दूसरी ओर चने के खेत थे। हरे-हरे पौधे लहरा रहे थे।

अचानक लगा कि सी॰ पी॰ छोड़कर हमेशा के लिए जा रहा हूं। शायद फिर कभी इस ओर नहीं आऊंगा। आने पर भी इतने घनिष्ठ भाव से नहीं रहने को मिलेगा। मन बड़ा भारी-भारी हो रहा था। मन में आया—अगला स्टेशन ही तो है टिल्डा—टिल्डा में ही तो छेदी पटेल के घर कितनी ही बार दोपहर काटी है। और साथ ही साथ छेदी पटेल की याद आई। मुरली का भी ध्यान आया और सुरसतिया का खयाल भी हो आया।

स्टेशन मास्टर से पूछा, "कोई डाउन मालगाड़ी आने वाली है क्या?"

स्टेशन मास्टर ने कहा, थ्री-सेवण्टीन-डाउन आ रही है—अभी लाइन क्लियर दूंगा।"

मैंने कहा, "गाड़ी को जरा रोकेंगे? मुझे टिल्डा जाना है।"

स्टेशन मास्टर राजी हो गए।

मैंने कहा, "जरा टिल्डा भी खबर कर दीजिए कि आधे मिनट के लिए गाड़ी रोक लें, मैं उतरूंगा।"

क्या मालूम, छेदी पटेल की अचानक ही याद आ गई। देश छोड़कर जा रहा था। पता नहीं क्यों, जाने से पहले एक बार छेदी पटेल को देखने की इच्छा हुई। जरूरत पड़ी तो रात-भर उसी कोठरी में रुक भी लूंगा। बूढ़े को थोड़ी दिलासा हो जाएगी और क्या! हो सकता है, मुरली की बीमारी और भी बढ़ गई हो। एक बार उससे भी मिल जाऊंगा। कई बार उनके यहां मेहमान बनकर रहा हूं, उसके लिए कृतज्ञता भी प्रदर्शित हो जाएगी।

मालगाड़ी से जब टिल्डा में उतरा, शाम हो चुकी थी।

वहीं गेट। छेदी पटेल का गेट। इसी लेविल-क्रॉसिंग के पास ही छेदी पटेल हरी झण्डी लिए खड़ा रहता। वह गेट उसी तरह था। पास की गुमटी में नया गेटमैन का एक छोकरा बैठा-बैठा ड्यूटी दे रहा था। देहातियों के साथ बैठा आग ताप रहा था।

किसी से कुछ भी पूछना नहीं था। रास्ता मेरा पहचाना था। अकेले ही कदमकुआं के छेदी पटेल के घर पहुंच जाऊंगा।

उधर बिल्लारी का जंगल था और उस ओर शिवतालाब, बीच में था कदमकुआं।

छेदी पटेल के घर के पास की जगह झाड़ियों से भरी थी। उसमें घुसकर एक दिन सुरसतिया ने अपनी बसन्ती रंग की साड़ी ऊपर फेंक दी थी।

घर का दरवाजा भिड़काया हुआ था।

अन्दर से दोनों बहुओं के झगड़े की आवाज नहीं आएगी, यह मुझे मालूम था। फिर भी कुछ देर चुपचाप खड़ा रहा। लगा, जैसे छेदी पटेल

की आवाज आ रही थी। छेदी पटेल अकेला जाने क्या बड़बड़ा रहा था। किस पर बड़बड़ा रहा था! मुरली पर?

मैंने आवाज दी, "छेदी पटेल!"

मेरी बावाज जैसे किसी ने नहीं सुनी। छेदी पटेल' अभी भी उसी तरह बड़बड़ा रहा था। मैंने फिर आवाज दी, "छेदी!"

मुरली शायद अपनी बीमार देह लिए पड़ी-पड़ी कराह रही होगी, और छेदी शायद इसीलिए अपने भाग्य को कोस रहा था।

अबकी जोर से पुकारा, "छेदी पटेल! दरवाजा खोलो।"

अन्दर जैसे किसी के पैरों की आहट हुई, और साथ ही साथ दरवाजे की सांकल अन्दर से खुल गई।

थोड़े-थोड़े अन्धेरे में वह चेहरा देखकर मैं चौंक पड़ा।

सुरसतिया!

सुरसतिया भी मुझे देखकर चौंक उठी थी।

बोली, "साहब, तुम?"

मैंने कहा, "तुम यहां पर फिर से?"

उस बात का जवाब न देकर सुरसतिया बोली, "तुम्हारा सामान कहां है साहब?"

मैंने कहा, "स्टेशन पर छोड़ आया हूं, रात की गाड़ी से जाऊंगा।"

"और तुम्हारी बन्दूक?" .

मैंने कहा, "शिकार तो मैं अब नहीं करता, इसके अलावा अब में वापस कलकत्ते जा रहा हूं। लेकिन पहले अपनी कहो, तुम कब लौट आयीं? देवकीनन्दन कहां है? वम्बई नहीं गयीं?"

उस बात का जवाब न देकर सुरसतिया ने रोशनी दिखलाकर कहा, "साहब, भीतर आओ।"

मैं अपनी जानी-पहचानी कोठरी की ओर जा रहा था।

सुरसतिया ने कहा, "उस ओर नहीं साहब, यहां बैठो।" कहकर मुझे एक खटिया दिखला दी।

छेदी पटेल अभी भी अन्दर बड़बड़ा रहा था। किस ओर से आवाज आ रही थी, समझ नहीं पा रहा था।

मैंने कहा, "मुरली कहां है? अब कैसी है वह?"

सुरसतिया ने चूल्हे पर से हांडी उतारी। फिर बोली, "तुमने सुना नहीं साहब, वह तो कब की मर गई! रामसहाय ने नहीं बतलाया?"

मैंने कहा, "कब मर गई? उसे क्या हुआ था?"

सुरसतिया ने कहा, "वह देखो। उधर!" कह कर कोठरी की छत की ओर इशारा किया। मुझे कुछ भी दिखलाई नहीं दे रहा था।

सुरसतिया ने कहा, "वह रस्सी नहीं दीख रही? उसी रस्सी में फांसी लगाई उसने।"

मैं चौंक उठा। "क्यों? फांसी लगाकर क्यों मर गई?"

सुरसतिया ने हंसकर कहा, "दरद सह नहीं पाई। आखिर रस्सी से झूलकर जान दे दी।"

मैं सुनकर स्तम्भित रह गया। थोड़ी देर बाद मैंने कहा, "छेदी को अभी तक पता नहीं चला में आया हूं? उसे बुलाओ न।"

सुरसतिया ने कहा, "अभी नहीं बुलाऊंगी, कब से खाऊ-खाऊं कर रहा है, अभी तक खाना बना नहीं है।"

मैंने कहा, "आजकल लगता है, उसकी भूख बढ़ गई है?"

उस बात का जवाब न देकर सुरसतिया ने कहा, "चलो, खिड़की से देख लो एक बार।"

कहकर मुझे कोठरी के आगे ले गई। खुली खिड़की से अन्दर का हाल देखकर चौंक पड़ा। देखा कि ऊपर से नीचे तक नंग-धडंग छेदी पटेल कोठरी में इधर-उधर चक्कर काटता न जाने क्या बड़बड़ा रहा था।

मैंने सुरसतिया की ओर देखा। सुरसतिया ने कहा, "मेम डॉक्टर ने कहा है कि अब ठीक नहीं होगा।"

चुपचाप वापस आकर खटिया पर बैठ गया। कहने को मेरे पास कुछ भी नहीं था। मुझे बैठाकर सुरसतिया फिर रसोई में चली गई। मैं बैठा-बैठा इधर-उधर की बात सोचने लगा। किससे क्या कहूं और कहूं भी तो क्या! कहने लायक क्या मुंह रह गया है मेरा!

सुरसतिया अचानक मेरे आगे एक स्टल रख गई।

मैंने कहा, "लेकिन तुम ठीक वक्त पर ही आ गई सुरसतिया! तुम

नहीं आती तो छेदी पटेल की देखभाल कौन करता ?"

रसोईघर से सुरसतिया ने कहा, "आने के सिवाय मेरे पास चारा भी नहीं था।"

मैंने कहा, "क्यों ? देवकीनन्दन के साथ तुम मजे में तो थीं !"

मैंने फिर कहा, "एक दिन जबलपुर स्टेशन पर देवकीनन्दन से मुलाकात हो गई, नौकरी ढूंढ़ने आया था।"

इस बार भी सुरसतिया ने कोई जवाब नहीं दिया।

अचानक मेरे आगे स्टूल पर लाकर एक लैम्प रख दिया। फिर एक कटोरे में चाय ले आई। .

बोली, "मेरे हाथ से चा पिओगे साहब ?"

सुनकर मुझे हैरानी हो रही थी। मैंने कहा, "क्यों, पहले क्या तुम्हारे हाथ की चाय पी नहीं है ?"

चाय की मुझे जरूरत भी नहीं थी, स्टेशन से ही पी आया था।

सुरसतिया ने पूछा, "अब हिरन नहीं मारोगे साहब ?"

मैंने कहा, "मैं बिलासपुर से जा रहा हू, बन्दूक बेच दी है।"

लैम्प की रोशनी में काफी दिनों बाद अच्छी तरह से सुरसतिया का चेहरा देखा। कितनी दुबली हो गई थी! पूरे चेहरे पर जैसे किसी ने कालिख पोत दी थी। चेहरा देखते-देखते अचानक चौंक पड़ा। माथे पर, गालों पर ये दाग कसे हैं ? और भी अच्छी तरह से देखने लगा। तब क्या सुरसतिया ने मेम डॉक्टर की बात नहीं मानी ? आखिर में वह छेदी पटेल के साथ सो ही गई !

मेरी दोनों आंखें जैसे सुरसतिया के सारे शरीर का निरीक्षण करने लगीं। सुरसतिया इस पर हंस पड़ी। बोली, "इस तरह क्या देख रहे हो साहब ?"

मैंने पूछा, "तुम्हारे मुंह और हाथों पर ये दाग कैसे हैं ? पास आओ, ठीक से देखू।"

सुरसतिया पास खिसक आई। उसके चेहरे पर फिर वही पुरानी हंसी फूट उठी। मैंने कहा, "छेदी पटेल ने आखिर तुम्हारा सर्वनाश करके ही छोड़ा ?"

सुरसतिया उसी तरह हंसती रही।

मैंने कहा, "मेम डॉक्टर ने इतना कहा, उसका कहा क्यों नहीं माना? छी-छी:, देखो न, क्या से क्या हो गया!"।

सुरसतिया फिर भी हंसती रही। हंसते-हंसते ही उसने कहा, "छेदी पटेल नहीं साहब! यह नहीं होता तो क्या वापस आती?"

सुरसतिया की बात बड़ी रहस्यमयी लग रही थी।

मैंने कहा, "छेदी पटेल नहीं तो किसने इस तरह तुम्हारा सर्वनाश किया है?"

सुरसतिया फिर हंसने लगी।

मैंने कहा, "हंसना बन्द करो, मुझे बताओ, वह कौन है?"

इतनी देर बाद सुरसतिया अचानक जैसे बड़ी गम्भीर हो गई। उसकी आंखें भी जैसे भारी हो आई थीं।

मैंने फिर पूछा, "बतलाओ, कौन है वह?"

सुरसतिया ने मेरी बात का जवाब नहीं दिया।

जैसे अपने ही आप कहने लगी, "साहब, हम में से कोई नहीं रहेगा। हम में से कोई भी नहीं बचेगा।"

मैंने आश्चर्य से कहा, "क्यों?"

सुरसतिया ने कहा, "मेम डॉक्टर ने मुझे बतलाया है, हम छत्तीस-गढ़ियों की जात खत्म हो जाएगी साहब!"

जरा दम लेकर फिर बोली, "मेरे लड़का न होकर अच्छा ही हुआ साहब! लड़का होता तो वह भी नहीं बचता। इसी से अब मैं भी लड़का नहीं चाहती।'

"तुम भी क्या चाहती थीं कि तुम्हारे भी हो?"

अचानक सुरसतिया ने आंचल से अपनी आंखें ढंक लीं। मेरी बात का जवाब नहीं दिया। वह फूट-फूट कर रोने लगी।

काफी देर तक उसके कुछ कहने की राह देखकर मैंने पूछा, "लेकिन तुम्हारा यह सर्वनाश किया किसने? कौन है वह?"

सुरसतिया उत्तर देते-देते बिलख उठी। फिर बोली, "वही देवकी-नन्दन साहब, उसे भी..."

मैं स्तम्भित रह गया। सच ही तो, मेम डॉक्टर ने उसे देवकीनन्दन के बारे में तो होशियार नहीं किया था।

सुरसतिया अभी तक रो रही थी। मैं चुपचाप कब उठकर चला आया, सुरसतिया को पता भी नहीं चला।

•••